태풍

野分(1907)
夏目漱石

나쓰메 소세키 소설 전집 4
태풍

초판 1쇄 발행 2013년 9월 10일
초판 7쇄 발행 2023년 12월 15일

지은이 | 나쓰메 소세키
옮긴이 | 노재명
펴낸이 | 조미현

편집주간 | 김현림
교정교열 | 김정선
디자인 | 나윤영

펴낸곳 | (주)현암사
등록 | 1951년 12월 24일 · 제10-126호
주소 | 04029 서울시 마포구 동교로12안길 35
전화 | 365-5051 · 팩스 | 313-2729
전자우편 | editor@hyeonamsa.com
홈페이지 | www.hyeonamsa.com

ISBN 978-89-323-1678-9 04830
ISBN 978-89-323-1674-1 04830(세트)

이 도서의 국립중앙도서관 출판예정도서목록(CIP)은 서지정보유통지원시스템(http://seoji.nl.go.kr)과
국가자료종합목록시스템(http://www.nl.go.kr/kolisnet)에서 이용하실 수 있습니다.
(CIP제어번호 CIP2013015326)

나쓰메 소세키 소설 전집 ④

태풍

노재명 옮김

ଓ 현암사

소세키의 책 중에 작은 판형으로
제작된 책들이 있는데, 장식성이
뛰어나다.(1914~1918)

4

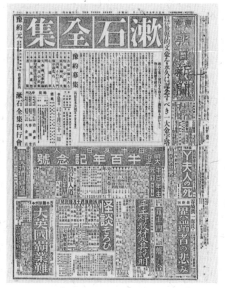

소세키 전집 발간 기사(《아사히 신문》)

소세키 사후 1주년 기념으로 출간된
최초의 소세키 전집(이와나미쇼텐, 1917)

소세키 산방 서재에서(1907). 소세키는 이곳에서 『우미인초』, 『산시로』, 『마음』 등을 집필했다.

도쿄제국대학 강사 시절. 졸업생과 함께(1906)

다섯 살 무렵의 소세키(1872)

도쿄제국대학 재학
시절의 소세키(1892)

1889년 발매된 마사오카 시키의 시문집《나나쿠사슈》에 비평과 함께
9편의 칠언절구 시를 덧붙이면서 처음으로 '소세키'라는 호를 사용한다.

소세키가 『나는 고양이로소이다』와 『도련님』을 집필한 집 (1903~1906년 거주)

소세키는 슬하에 2남 5녀를
두었다. (1915)

두 아들과 소세키 (1914)

소세키 산방의 서재 모습(1917)

소세키 산방에서(1912)

소세키가 애용한 문방구와 특별히
디자인한 원고용지 편목

『태풍』 자필 원고

아사히 신문사 입사(1907) 당시의 소세키(오카모토 잇페 그림)

『태풍』이 들어 있는 책의 표지(1908)

소세키가 좋아했던 옷. 기모노, 여름용 하오리, 오비.
4점의 사진은 각각을 확대한 것이다. 소세키의
문학에는 옷감에 대해 자세히 표현한 부분들이 있다.

소세키가 그린 그림과 시

1

시라이 도야(白井道也)는 문학자다.

8년 전에 대학을 졸업한 뒤 시골의 중학교를 두세 군데 흘러 다니다가, 작년 봄에 표연히 도쿄로 되돌아왔다. 여기서 '흘러 다닌다'는 말은 걸립패가 사용하는 말이고, '표연'이라는 말은 오고 감에 구애되지 않는다는 의미로도 들린다. 도야의 거취를 이렇게 형용하는 것이 적합한지 여부는 작가라 하더라도 보증할 수 없다. 뒤엉킨 실의 한쪽 끝을 주의 깊게 바라보면 그 줄이 한 줄에 불과하다는 것을 알게 된다. 하지만 한 줄의 실 뒤편에 이중 삼중의 인연이 뒤엉켜 있을지도 모를 일이다. 기러기가 북쪽으로 날아가고 제비가 남쪽에서 날아오는 것도 새의 입장에서 바라보면 그에 걸맞은 변명이 있을 터이다.

도야가 처음 부임한 곳은 에치고(越後)[1]의 어딘가였다. 에치고는 원래 석유로 유명한 곳이다. 학교가 있는 마을에서 4, 5백 미터쯤 떨어진 곳에 큰 석유회사가 있었다. 학교가 위치한 마을의 번영은 3분의

1 지금의 니가타(新潟) 현.

2 이상 이 회사 덕에 유지되고 있는 셈이다. 이 지역 사람들 입장에서 볼 때 중학교 몇 곳보다는 석유회사 쪽이 더욱 감사할 만한 곳임에 틀림없다. 회사 직원은 돈이 있다는 점에서 신사다. 중학교 교사는 빈궁한 처지라는 점이 좀 못나 보인다. 이 초라한 교사와 돈 있는 신사가 부딪치면 승패는 누구의 눈에도 분명해 보인다. 도야는 '돈과 인품'[2]이라는 제목으로 연설을 한 적이 있다. 그는 이 연설에서 돈과 인품이 반드시 일치하지 않는 이유를 넌지시 설명하고, 회사 임원들의 오만함과 청년들의 품위 없고 비상식적인 행동이 헛된 황금만능주의를 신봉하기 때문이라고 훈계했다.

회사의 임원들은 도야를 건방진 놈이라고 비난했다. 마을 신문은 무능한 교사가 거만하게 불평을 하고 있다고 평가했다. 도야의 동료들 역시 쓸데없는 말을 하여 학교의 품위나 명예를 해치는 건 어리석은 행동이라고 생각했다. 교장은 이 지역과 회사와의 관계를 설명하고 도야의 행동은 잔잔한 바다에 파도를 일으키는 행동이라고 타일렀다. 도야가 마지막으로 기대하고 있던 학생들 역시 부모와 형제의 말을 듣고 도야는 도저히 이해할 수 없는 바보 교사라고 말하기 시작했다. 도야는 훌쩍 에치고를 떠났다.

그다음으로 간 곳은 규슈(九州)였다. 규슈를 반으로 자른 다음 북쪽의 공업 지대를 제외하면 규슈는 거의 백지가 된다. 탄광에서 연기를 마시고 검은 입김을 토해내지 않는 사람은 인간의 자격이 없다. 때에 절어 번들거리는 양복에 창백한 얼굴로 세상이 어떻고, 사회가 어떻다느니 미래의 국민이 어때야 한다느니 비생산적인 말을 늘어놓는 인간은 존재할 권리가 없다. 존재할 권리가 없는 인간에게 존재할 권리

2 '돈과 인품'은 소세키 문학에 자주 등장하는 주제 중 하나다.

를 부여하는 것은 실업가들의 자비에 힘입은 바 크다. 비생산적인 말을 늘어놓는 학자나 죽음기나 다름없이 항상 같은 말만 늘어놓는 교사가 생명을 부지할 수 있는 돈은 어디서 오는가? 수억의 돈을 자유자재로 만들어내는 실업가들이 내놓는 티끌 같은 돈 부스러기로 연명해가는 사람이 바로 학자다. 문학자다. 교사이기도 하다.

돈의 힘으로 살아가면서 돈을 비방하는 것은 자신을 낳아준 부모를 욕하는 것과 같은 일이다. 자신이 살아가는 데 필요한 돈을 만들어주는 실업가를 경멸하려면 아무것도 먹지 않고 죽는 편이 좋다. 죽을까, 아니면 죽지 않고 항복할까? 이런 생각을 하게 될 무렵 도야는 훌쩍 규슈를 떠났다.

세 번째는 주고쿠(中國) 지방의 시골이었다. 이곳은 황금만능주의가 심한 곳은 아니었다. 단 그 지방 특유의 분위기가 강해 다른 현(縣)에서 온 사람은 외국인이라고 부른다. 외국인이라고 부르는 것으로 끝난다면 충분히 참아낼 수 있다. 하지만 모든 면에서 참견을 해가며 외국인을 정복하려고까지 한다. 연회가 열리면 연회에서 야유를 일삼고, 연설을 할 때는 바로 그 자리에서 빈정댄다. 그러고 나서 신문에다 불쾌감을 주는 말을 늘어놓는다. 학생들 역시 마찬가지다. 이런 행동에는 구체적인 목적이 있을 리가 없다. 그저 다른 현에서 온 사람들이 자신들과 동화되지 않는다는 점에 신경이 쓰일 뿐이다. 동화(同化)는 물론 사회적 요소임에 틀림이 없다. 프랑스의 타르드[3]라는 학자는 사회는 모방에 의해 만들어진다고까지 주장했다. 동화란 중요한 것인지도 모른다. 도야 역시 그 중요성을 알고 있었다. 그저 알고 있는 정

---

3 장 가브리엘 타르드(Jean Gabriel de Tarde, 1843~1904). 프랑스의 사회학자이자 범죄학자로 '심리학적 사회학'의 주창자이다. 『모방의 법칙』 등의 저서를 남겼다.

도가 아니다. 도야는 고등교육을 받았고, 아주 폭넓은 사회관을 갖고 있었다. 그렇기 때문에 보통 사람 이상으로 동화의 가치를 인정하고 있었다. 그렇지만 동화를 높은 수준으로 할지, 아니면 낮은 수준으로 할지가 문제다. 이 문제를 해결하지 않고 무조건 동화되는 것은 세상에 아무런 도움이 되지 않는다. 체면이 서지 않는 일이다.

어느 땐가 옛 번주(藩主)⁴가 수업을 참관하러 학교에 왔다. 옛 번주는 이 지역 영주에다, 그 잘난 귀족 신분이었다. 이 지역 사람들에게는 거의 신과 다름없는 인간이었다. 이 신이 도야의 교실로 들어왔을 때, 도야는 특별한 행동은 취하지 않고 수업을 계속했다. 신 역시 인사를 하지 않았다. 이때부터 사태가 심각해졌다. 교단은 신성한 곳이다. 교사가 교단에 서서 수업을 하는 행위는 사무라이가 칼을 차고 전장에 나서는 것과 다름이 없다. 도야는 상대가 아무리 귀족이나 옛 번주라고 해도 그에게 수업을 중단시킬 권리는 없다고 주장했다. 이 주장 때문에 도야는 다시 훌쩍 자신의 부임지를 떠났다. 그가 떠날 때 그 지역 사람들은 그를 바라보며 어리석은 사람이라고 평가했다고 한다. 도야는 이런 소리를 등 뒤로 흘려들으면서 훌쩍 그곳을 떠났다.

세 번이나 훌쩍 중학교에서 사라진 도야는 도쿄로 돌아온 다음 다시 움직일 기색이 없었다. 도쿄는 일본에서도 밥 먹고 살기가 가장 힘든 곳이다. 시골에 있을 때의 봉급으로는 제대로 살아가기 힘들다. 하물며 교직을 던져버리고 두 손을 소매에 넣은 상태로 이런 곳에서 살아가기로 했다면, 서서 미라가 되기로 결심했다고밖에는 달리 칭찬할 방법이 떠오르지 않는다.

---

4 메이지 유신(1868) 이전에는 번(藩)이라는 조직이 일본의 지방통치를 담당했으며, 그 대표자를 번주라고 했다. 1867년 폐번치현(廢藩置縣)으로 지금의 현(縣)이 만들어졌다.

도야에게는 아내가 있다. 아내가 있다면 부양할 의무[5] 또한 따라붙는다. 자신이 미라가 되는 것은 그렇다고 해도 아내를 말려 죽일 수는 없다. 말라가기 전부터 아내는 이미 불평을 입에 담고 있었다.

에치고를 떠날 때는 아내에게 상황을 설명했다. 그때 아내는 당연하다는 반응을 보이면서 바지런하게 짐을 꾸렸다. 규슈를 떠날 때도 그때 벌어진 상황의 전말을 모두 들려주었다. 이번에는 "또 그런 일이"라고 말하고 아무것도 묻지 않았다. 주고쿠를 떠날 때 아내의 어조는 당신처럼 고집이 세서는 어디에서도 안정된 생활은 불가능해요, 라는 훈계조로 바뀌어 있었다. 7년 동안 세 번이나 떠돌다 보니 아내는 점점 도야에게서 멀어졌다.

아내가 도야에게서 멀어진 것은 몇 군데나 떠돌았기 때문인가, 아니면 봉급을 받을 수 없게 되었기 때문인가? 몇 번인가 떠돌았다고 해도, 새로운 곳에 가서 월급이 올랐다면 어땠을까? 아내는 여전히 '당신처럼 고집이 세면……' 하고 불만스러운 말을 입에 담았을까? 박사가 되어 대학교수가 되었어도 역시 '당신처럼 고집이 세면……' 하는 말을 되풀이했을까? 아내의 생각을 들어보지 않으면 알지 못할 일이다.

만약 박사나 교수가 되어 허무하게 세상에 이름을 빛냈다고 하자. 그 때문에 아내가 영향을 받고 갑자기 남편을 이전과 다르게 대우했다면 이런 아내는 남편에게 무의미한 존재다. 세상이 남편을 대하는 태도를 갑자기 바꾼 것처럼 자신 또한 남편을 대하는 태도를 바꾸는 아내라면 그저 평범한 세상 사람 중 하나에 불과하다. 이런 상태라면 시집오기 전, 이름을 알기 전과 다를 게 전혀 없다. 따라서 남편의 입

5 소세키 문학에서는 '의무와 권리'가 대립적 명제로 자주 등장한다.

장에서 보면 그런 아내는 완전한 타인에 불과하다. 남편을 안다는 점에서 시집오기 전과 시집온 뒤에 변화가 없다면 적어도 이런 차원에서는 아내다운 점이 전혀 없다고 해야 한다. 세상은 지금 이런 아내답지 않은 아내로 가득 들어차 있다. 도야는 자신의 아내도 이런 부류라고 생각하고 있는 것일까? 가는 곳마다 사람들과 융화되지 못하고 또 가는 곳마다 문제를 일으키는 상태에서 아내마저 자신을 이해해주지 않는다는 생각을 하니 왠지 마음이 안정이 되지 않는다.

세상은 이런 아내들로 가득 차 있다고 한다. 그런데 이런 아내들로 가득한데도 모두 원만하게 살아가고 있다. 만사를 순조롭게 살아가고 있는데 아내의 심리상태를 이 정도로 해부할 필요는 없다. 피부병에 걸려야 피부를 연구하게 된다. 병도 없는데 더러운 것을 현미경으로 들여다보는 것은 공연히 괴로워하며 똥바가지를 뒤집어쓰는 것과 같다. 단 지금의 원만한 삶이 깨져 나락으로 떨어지면 어떤 부부에게도 좋지 않은 일이 생긴다. 부모와 자식 사이의 인연도 끊긴다. 아름답다는 것은 그저 피를 덮고 있는 껍데기에 불과하다는 사실을 깨닫는다. 도야가 어디까지 깨달았는지는 알 수 없다.

도야가 세 번이나 직장을 그만둔 것은 스스로를 궁지에 빠뜨리는 것이 좋아서 그런 것이 아니다. 죄도 없는 아내를 고생시키려는 건 더욱 아니다. 세상이 자신을 인정해주지 않기 때문에 달리 방법이 없었던 것이다. 세상이 자신을 받아들이지 않는다면 왜 자신이 세상에 용해되려고 하지 않는가? 그 이유는 분명하다. 만일 자신이 세상에 용해되려고 한다면 그 순간, 도야 자신은 완전히 소멸되어버릴 것이기 때문이다. 도야는 인격 면에서는 세속 사람들보다 자신이 높은 경지에 있다고 자신하고 있다. 속세의 사람들보다 인격이 높으면 높을수록 낮은 수준에 있는 사람들에게 손을 뻗어 끌어올려줄 책임이 있다. 인격이 높은 것을 알면서도 그걸 낮은 곳에 내버려두는 것은 스스로 오랜 기간 교육을 받았으면서도 그 교육의 결과물을 묻어두는 것과 다를 바가 없다. 자신의 인격을 다른 사람에게 베풀지 않으면 특별히 쌓아올린 인격은 아무런 의미가 없게 되고, 그걸 쌓아올리느라 들인 노력만 허비한 꼴이 된다. 영어를 가르치고, 역사와 윤리를 가르치는 것은 인격수양을 위한 기본적인 재주를 가르치는 것이다. 단순히 이 예(藝)를 목적으로 학문을 한다면 교단에서 책을 펼쳐드는 것으로 충분하다. 책을 펼쳐드는 것에 만족하는 것은 씨름꾼이 샅바를 잡아 밥을 먹고, 접시돌리기의 명인이 접시를 돌려 생계를 해결하는 것과 마찬가지다. 학문은 씨름이나 접시돌리기와는 전혀 다른 분야다. 재주를 배우는 것은 지엽적인 일이다. 이를 통해 진정한 인간이 되는 게 목적이다. 크고 작은 것을 구별하고, 가벼움과 무거움의 차이를 인식한다. 또 좋고 그름을 판별한다. 선과 악의 경계를 이해하고 현명함과 어리석음, 참과 거짓, 바름과 사악함을 제대로 판별해내는 것이 바로 학문의 목적이다.

도야는 이렇게 생각해왔다. 그렇기 때문에 자신의 재주를 팔아 입에 풀칠하는 것을 부끄럽게 생각하지 않았다. 그와 함께 학문의 근거지를 떠나는 행위를 비열한 행위라고 마음 깊이 깨달았다. 그가 가는 곳마다 받아들여지지 못한 것은, 학문의 본체에 근거지를 둔 데서 나온 결과이기 때문에, 자신을 돌아보건대 거리낄 만한 점도 없을뿐더러 의지가 부족하다는 생각도 들지 않았다. 완고하고 아둔하다는 비웃음은, 손바닥에 얹어 여름해가 드는 처마에서 돋보기로 들여다보아도 이해가 되지 않는다.

세 번이나 교사가 되었다가 세 번 모두 쫓겨난 그는 쫓겨날 때마다 박사보다도 더 위대한 사람이 되고자 했다. 박사는 아주 뛰어난 사람이기는 하지만, 그저 높은 수준의 예(藝)로 얻은 칭호에 불과하다. 이건 부자가 함대를 건조하는 비용을 대고 종5위(從五位)에 해당하는 벼슬을 받아내는 것과 크게 다를 바가 없는 일이다. 도야가 이곳저곳에서 쫓겨나는 것은 그의 인물됨이 고귀하기 때문이다. 올바른 사람은 신이 만들어내는 모든 피조물 중에서 가장 존귀한 존재가 될 것이라는 말은 서양의 시인이 한 말이다. 도야는 학교에서 쫓겨날 때마다 도를 지키는 사람은 신보다도 존귀하다는 그 문구를 마음속으로 되뇌었다. 단 그의 아내는 이제껏 도야가 그 말을 하는 걸 들은 적이 없다. 아마 들었어도 그 의미를 알지 못했을 것이다.

　그걸 알지 못하기 때문에 도야의 아내는 굶어 죽을 지경이 되기 훨씬 전부터 남편에게 불평을 늘어놓는다. 도야는 불평을 늘어놓는 아내가 가엾다는 생각을 한다. 다만 아내의 환심을 사기 위해 자신이 가야 할 길을 비틀지 않는다는 점에서 보통 남편과 차이가 있다. 세상 사람들은 보통 사람이라고 부른다. 아내를 얻으면 남편이 된다. 교류를 하면 친구다. 손을 잡아끌면 형, 끌려가면 동생이다. 사회의 전면에 서면 선각자가 된다. 교단에 서면 교사임에 틀림없다. 원숭이가 틀림없는데 사람이라고 부른다. 사람이라고 불러서 별문제가 없는 세계는 단순한 세계다. 아내는 항상 이런 단순한 세계에 살고 있다. 아내의 세계에는 남편으로서 도야 말고는 학자로서의 도야도 없고, 지사(志士)로서의 도야도 없다. 자신의 길을 지키며 세상에 저항하는 도야는 전혀 없다. 남편이 가는 곳마다 평판이 좋지 않은 것은 남편의 능력이 부족한 탓이고, 남편이 가는 곳마다 직장을 그만두는 것은 남편의 취흥이 그렇기 때문이라고까지 생각하고 있다.

이런 취흥이 세 번이나 되풀이되어 마침내 도쿄로 돌아온 도야는 이제 시골에는 가지 않겠다고 말했다. 교사 노릇도 이제 그만 하겠다고 아내에게 고백했다. 정나미가 떨어지게 만든 사회적 상황을 교정하기 위해서는 글의 힘에 의지해야 한다고 깨달은 것이다. 지금까지는 어디를 가든 어떤 직업을 갖든 자신만 올곧다면 휘어진 대상이야 껍질을 벗긴 삼대처럼 꺾일 뿐이라고 생각했다. 명성은 자신이 바라는 것이 아니었다. 권위와 인망 역시 자신이 지향하는 것이 아니었다. 그저 자신의 인격의 힘으로 미래의 국민인 청년들에게 발전의 길을 보여주기 위해서는 스스로 전범이 되는 수밖에 없다고 굳게 믿고 6년여의 시간 동안 애써왔지만 보기 좋게 실패하고 말았다. 그래도 세상에 괴물은 없다고 하니, 올바르고 고귀하며, 사물의 이치를 제대로 느낄 수 있는 곳에 동정심이 모일 것이라고 생각했다. 그렇게 '이번에야말로'를 반복하면서 자신의 믿음이 반드시 실현될 것이라고 기대하며 살아왔지만 그런 믿음을 가졌던 것이 잘못이었다. 세상은 자신이 생각한 것처럼 고상하지 않았다. 감식안이 있는 것도 아니었다. 동정심은 강하고 부유한 자들이나 따라다니는 그림자에 불과했다.

이 정도의 세상을 공연히 과대평가하고는 바꿔보겠노라고 과감히 시골로 내려간 것은, 기초도 다지지 않은 지면 위에 튼튼한 집을 짓겠다고 조급해한 것과 같다. 그러니 집을 짓자마자 바람과 비 따위의 방해꾼이 나타나 집을 파괴해버린다. 기초를 다지지 않고 바람과 비를 막지 않는 한 안정된 상태에서 살아갈 수 없다. 안정된 상태로 살 수 없는 세상을 안정된 상태로 살 수 있는 곳으로 만드는 것이야말로 천하의 선비가 해야 할 일이다.

돈도 권력도 없는 사람이 천하의 선비로서 부끄럽지 않게 과업을 이루려면 붓의 힘에 의지할 수밖에 없다. 혀의 도움을 받아야 한다. 뇌수를 짜내서라도 이타(利他)의 지혜를 얻지 않으면 안 된다. 뇌수는 마르고, 혀는 짓무른다. 붓은 몇 개라도 부러진다. 그래도 세상이 말을 들어주지 않으면 그걸로 끝이다.

그러나 천하의 선비라고 해도 먹지 않고는 일을 할 수 없다. 비록 자신은 먹지 않아도 된다 해도 아내에게는 그럴 마음이 없다. 아내를 풍요롭게 부양하지 않는 남편은 아내의 관점에서 보면 대죄인이다. 올봄에 시골에서 올라와 시바고토히라초(芝琴平町)의 싸구려 여관에 짐을 풀었을 때, 도야와 아내 사이에는 이런 대화가 오갔다.

"교사를 그만두시면 이번에는 무슨 일을 할 생각인데요?"[6]

"뭐 특별히 이것이라고 할 만한 일은 없어. 곧 어떻게든 되겠지."

"곧 어떻게든 되겠지, 라는 말은 뜬구름 잡는 것 같은 이야기 아닌가요?"

"그건 그래. 확실한 건 없으니까."

"그렇게 무사태평해선 곤란해요. 당신은 남자니까 그렇게 태평할 수 있을지 몰라도 제 입장이 되어보면⋯⋯"

"그래서 이제 시골로는 가지 않고, 교사도 하지 않겠다고 결정한 거야."

"결정이야 당신 마음대로지만, 그렇게 결정해봐야 월급을 받을 수 없다면 달리 방법이 없잖아요?"

6 이 뒤로 전개되는 부부의 대화는 두 사람이 묘하게 어긋나는 면을 유머러스하게 보여준다. 겉으로 볼 때는 어색해 보일 정도로 위엄 있고 점잖은 대화가 이어지지만, 그 내용은 스스로의 처지에 대한 자괴감으로 무너지는 모습을 보여준다. 한편 소세키 또한 어느 편지글에서 "나 학교를 그만두고 에도의 처사가 되고 싶어"라고 고백한 적이 있다.

"월급은 받지 못해도 돈을 벌어오면 되는 거지?"

"돈을 벌어온다면야 뭐…… 그렇지요."

"그럼 됐어."

"됐다고요? 그럼 당신은 돈을 벌어올 수 있어요?"

"그래. 벌 수 있을 것이라고 생각해."

"어떻게요?"

"그건 지금 생각 중이야. 그렇게 빨리 계획을 세울 수 있는 건 아니잖아."

"그래서 걱정이라는 거예요. 아무리 도쿄에 살기로 결정했다고 해도 그걸 결정한 것만으로는 뾰족한 대책이 없잖아요?"

"당신은 늘 걱정만 앞세워서 안 되는 거야."

"당연히 걱정이 되지요. 어딜 들어가셔도 사람들과 좋은 관계를 유지하지 못해 그만두셨잖아요. 제가 늘 걱정만 앞세운다면 당신은 늘 짜증만 앞세우는 분이에요."

"그럴지도 모르지. 그렇지만 내 짜증은…… 뭐 됐어. 어떻게든 도쿄에서 먹여 살릴 테니까."

"형님 댁에 가서 부탁하면 좋지 않아요?"

"뭐 그것도 좋겠지만 형님은 원래부터 다른 사람을 보살피는 분이 아니야."

"바로 이런 게 문제예요. 무슨 일이든 지금처럼 이렇게 혼자서 결정해버리니까요. 어제도 형님이 당신에게 친절하게 여러 가지 말씀을 해주셨잖아요?"

"어제? 어제는 여러 가지로 내게 도움을 주는 것 같은 말을 했지. 말은 했지만……"

"말하는 것도 안 되는 거예요?"

"아니 그렇지는 않아. 그런 말을 하는 건 괜찮지만…… 그다지 도움이 되지 않아서."

"왜요?"

"왜라니? 그건 앞으로 차차 알게 될 거야."

"그럼 친구 분께라도 부탁을 하는 건 어때요? 당장 내일부터라도 움직여보는 게 좋지 않겠어요?"

"친구라고? 친구랄 만한 사람도 없어. 동급생은 전부 흩어져버렸고."

"그 왜 매년 연하장을 보내오는 아다치(足立) 씨라는 분이 도쿄에 살고 있잖아요? 그것도 아주 멋지게."

"아다치? 아아! 아마 대학교수를 하고 있지."

"그래요. 당신은 너무 높은 이상만 추구하고 있으니 사람들의 미움을 받는 거라고요. 아마 대학교수를 하고 있지, 라니요. 대학 선생이 되었다면 좋은 거죠, 안 그래요?"

"그런가? 그럼 아다치라도 찾아가서 부탁해보지. 그렇지만 돈만 벌어올 수 있다면 굳이 아다치를 찾아갈 필요는 없겠지."

"아직도 그런 말씀을 하시네요. 당신 정말 어쩔 수 없는 고집쟁이로군요."

"맞아, 난 어쩔 수 없는 고집쟁이야."

2

한낮의 가을 햇살은 모자를 통과하여 두개골 안까지 뚫고 들어오는 듯한 느낌이 들 정도로 밝게 빛난다. 공원의 벤치는 공짜[1]라서 전부 공짜적으로 점령당해버렸다. 다카야나기(高柳) 군은 어디 빈자리라도 있을까 하는 생각을 하며 히비야(日比谷)를 세 번이나 돌았다. 세 번이나 공원을 돌고 자신이 앉을 자리를 찾지 못한 상태에서 정문 쪽으로 무거운 발걸음을 돌렸다. 그러자 반대편에서 동년배 청년이 들어와 야아, 라고 말을 건다.

"야아!"

다카야나기 군 역시 같은 말로 인사했다.

"어디 가는 거야?"

청년이 묻는다.

"지금 이곳을 돌아다니며 쉴 자리를 찾아보았는데 그럴 만한 자리

1 벤치는 일본어로 '口ハ台'인데(只의 생김새가 벤치 모양이라서) '口ハ'는 '只' 자를 분해한 것이라 벤치를 공짜(只)라고 말하는 우스갯소리다.

가 없군. 틀렸어. 무료로 앉을 수 있는 자리는 이미 사람들로 가득해. 빈자리가 전혀 없어."

"날씨가 좋아서 그렇겠지. 역시 사람들로 가득하군. 어이, 저 대나무 숲을 지나 분수 방향으로 걸어가는 사람을 봐."

"어디? 저 여자? 자네가 아는 여자야?"

"알긴 뭘 알아."

"그런데 왜 보라는 거야?"

"여자가 입고 있는 기모노 색깔 말이야."

"뭐랄까, 아주 멋진 옷을 입고 있는 것 같군."

"저 색깔의 옷을 입고 대나무 숲을 지나가는 모습이 참 산뜻해 보이는군. 저런 옷은 이런 투명한 가을날에 보지 않으면 두드러져 보이지 않지."

"그래?"

"그래, 라니? 자넨 그렇게 느껴지지 않아?"

"별로 그런 느낌은 들지 않는데. 그러나 아름다운 건 분명해."

"단순히 아름답다는 표현만으로는 좀 부족하다는 느낌이야. 자넨 앞으로 작가가 될 거지?"

"그렇지."

"그렇다면 감각이 더 예민해지지 않으면 안 될 거야."

"오히려 자네의 감각이 좀 둔해지면 좋겠는데. 이 세상은 예민한 것으로 가득하니까 말이야."

"하하하하하하. 그 정도로 자신이 있으면 됐네. 이렇게 만났으니 산책이라도 하지."

"걷는 건 딱 질색이야. 지금 당장 전차를 타고 돌아가지 않으면 점심을 먹을 수 없어."

"그 점심을 내가 사지."

"음, 다음에 하지."

"왜? 싫은가?"

"싫지는 않아. 싫지는 않지만 항상 얻어먹기만 해서."

"하하하. 사양인가? 그러지 말고 가세."

청년은 다카야나기 군을 공원 한가운데에 있는 서양 음식점으로 데리고 가서 전망이 좋은 2층에 자리를 잡는다.

주문을 받으러 오는 사이에 다카야나기 군은 창백한 얼굴에 두 손을 대고 피곤한 표정으로 사람들이 지나가는 모습을 바라보고 있다. 청년은 혼자서 '굉장히 넓은 식당이로군' '상당히 번창하는 모양이네' '이건 또 뭐지. 아주 묘한 곳에다 광고를 해놨군' 등 몇 마디 중얼거리고는 바지 주머니에 손을 넣더니 "아아! 이거 담배 사오는 걸 잊었네"라고 큰 소리로 말한다.

"담배라면 여기 있네."

다카야나기 군은 '시키시마'[2] 담배를 흰 식탁보 위에 던진다.

그때 종업원이 주문한 음식을 가지고 온다. 담뱃불을 붙일 틈도 없었다.

"이건 생맥주로군. 이 생맥주로 축배를 한번 들자고."

청년은 호박색의 액체 아래쪽에서 올라오는 거품을 쭉 들이켠다.

"무슨 축배를 들자는 거야?"

다카야나기 군 역시 한 모금 마시고 나서 청년에게 물었다.

"졸업 축하의 축배."

2 당시 일본에서 판매되던 고급 담배 이름.

"이제 와서 졸업 축한가?"

다카야나기 군은 손에 들고 있던 서양 술잔을 탁자에 내려놓았다.

"졸업은 평생 한 번뿐이니까 언제까지고 축하해도 괜찮아."

"오직 한 번뿐이니까 축하하지 않아도 괜찮아."

"나와는 아주 반대로 생각하는군. 어이! 이 튀김은 뭐지? 뭐? 연어라고? 여기에 이 오렌지를 뿌려보게."

청년은 엄지손가락과 집게손가락으로 오렌지를 눌러 그 즙을 연어에 떨어뜨린다. 정원에 비가 주르르 오는 것처럼 오렌지 즙은 곧 튀김 속으로 빨려 들어갔다.

"아하! 그렇게 먹는 것이로군. 난 이 오렌지가 그저 장식용으로 나온 건 줄 알았지."

이때 삿포로 맥주 광고판 아래 서 있던 두 명의 사내가 큰 소리로 웃기 시작했다. 다카야나기 군이 오렌지를 손에 쥔 채 불쾌한 표정으로 두 사내를 바라본다. 두 사내는 이런 시선엔 전혀 신경을 쓰지 않는다.

"아냐, 아냐, 언제든지 가지. 헤헤헤헤헤. 오늘 밤에 가지. 너무 이른가? 하하하하."

"헤헤헤헤. 사실은 오늘 밤 자네를 꾀어서 거기에 한번 가보려고 했네. 하하하. 아니, 아니. 그 정도는 아니야, 그건. 아아! 그렇겠지. 그래서 도저히 이렇게도 저렇게도 당해낼 수가 없어. 하하하하하하."

질냄비의 밑바닥처럼 벌건 얼굴이 광고용 거울에 비쳐 무너지기도 하고 굳어지기도 하고 늘어나기도 하고 줄어들기도 하면서 제멋대로 동요하고 있다. 세상에 자기들만 존재하는 것처럼 교양 없이 굴고 있다. 다카야나기 군은 아주 불쾌한 눈길로 마주앉은 청년을 바라본다.

"상인이야."

청년이 조그만 목소리로 말한다.

"실업가인가?"

다카야나기 군 역시 조그만 목소리로 대답하면서 마침내 오렌지 짜는 것을 그만둔다.

질냄비 밑바닥은 이윽고 계산을 마치고 여종업원을 몇 차례 희롱한다. 그리고 2층을 전세라도 낸 듯 큰 목소리로 떠들어대더니 밖으로 나갔다.

"어이 나카노!"

"음음."

청년은 닭고기를 입 안 가득 물고 있었다.

"저 사람들은 세상을 뭐라고 생각하고 있을까?"

"그런 생각이나 하면서 살까? 그저 저런 모습으로 살아가는 거지."

"부럽군. 어떻게든…… 하지만 어떤 일도 할 수가 없어."

"저런 인간들이 부러우면 그것도 큰일이야. 그런 생각을 하기 때문에 졸업을 기념해 축배를 들자는 내 제의에 동의하지 않았군. 자아, 이제 기분 좋게 한 잔 마시자고."

"저런 사람들이 부러운 게 아니라, 저렇게 여유로운 신분이 부러운 거야. 졸업을 했다고 해도 이렇게 피곤해서야 어디 졸업에 대한 고마움이 느껴지겠나."

"그래? 난 너무 기뻐서 어쩔 줄 모르겠는걸. 우리 인생은 지금부터야. 그런데 벌써 그런 말을 하고 있어서야 되겠나."

"우리 인생이 지금부터인 건 분명한데 미래가 불안하다는 생각을 하면 싫어지는군."

"왜? 뭐 그렇게 비관적으로 생각할 필요는 없지 않아? 한번 제대로 해보자고. 나 역시 열심히 해볼 거고. 함께 해보는 거야. 우선은 서양 요리를 많이…… 자아, 비프스테이크가 나왔군. 이제 다 나온 거야. 비프스테이크를 살짝 구운 건 소화가 잘된대. 자네 괜찮겠지? 이건 맛이 어떠려나?"

나카노 군은 나이프를 휘두르며 고기의 가운뎃부분을 잘랐다.

"붉은 기가 아직 남아 있군. 이봐, 붉은 기가 이렇게 남아 있어. 봐, 피가 나온다고."

다카야나기 군은 아무 대답도 하지 않고 우적우적 비프스테이크를 먹기 시작했다. 아무리 고기 색깔이 붉다고 해도 소화가 잘될 것 같지 않았다.

다른 사람에게 자신의 불만을 이야기할 때, 자신의 말이 끝나지도 않았는데 상대가 자신을 대충 위로하는 건 그다지 기분 좋은 일이 아니다. 내 불평을 알아들었는지 아닌지, 정말 나를 가엾게 생각하는 것인지 그냥 겉으로만 그런 말을 하는 것인지 알 수 없다. 다카야나기 군은 붉은 색깔의 비프스테이크를 바라보면서 자기 앞에 앉아 있는 친구는 왜 이렇게 감정이 투박할까 하고 생각했다. 좀 더 본격적으로 이야기를 하고 싶어질 때 찬물을 끼얹는 것이 나카노 군의 버릇이다. 불친절하고 냉담한 사람이라면 처음부터 그에 걸맞게 준비를 하게 되어서 아무리 냉담하더라도 놀랄 염려는 없다. 나카노 군이 그와 같은 인물이었다면 그에게 어떤 일을 당한다고 해도 아쉽지 않을 것이다. 그러나 다카야나기 군의 눈에 비친 나카노 기이치(中野輝一)는 잘생긴 데다 현명하고, 인정을 베풀 줄 알 뿐만 아니라 사리분별이 분명한 수재다. 이런 수재가 때때로 이런 경향을 보이는 것은 좀처럼 이해하기 힘들다.

그들은 같은 고등학교의 같은 기숙사, 게다가 같은 창문에 책상을 나란히 하고 생활하면서, 같은 문과에서 같은 교수의 강의를 듣고, 같은 해인 이번 여름에 같이 학교를 졸업했다. 같은 해에 졸업한 사람은 양 손가락을 몇 차례 접었다 펴야 할 만큼 그 수가 적지 않다. 그러나 그중에서 이 두 사람만큼 친한 사이는 없었다.

다카야나기 군은 말수가 적고, 사람들과 어울리지 못하며, 비아냥 거리기 좋아해 염세가라고 불리는 남자였다. 반면 나카노 군은 대범하고 원만한 성격에 다양한 취미를 가진 수재였다. 이런 두 사람이 갑자기 우정을 맺고 옆에서 보기에도 이상하게 여겨질 정도로 막역한 사이가 되었다. 이렇듯 운명은 비백무늬의 오시마 비단과 질이 떨어지는 지치부 비단도 하나로 꿰맨다.

세상에 친한 사람이 단 한 사람뿐이고 그 사람 말고는 친한 사람을 더 이상 찾아내지 못할 때, 그 단 한사람은 부모이기도 하고 형제이기도 하다. 때로는 애인이 되기도 한다. 다카야나기 군은 나카노 군을 단순한 친구로만 생각지 않는다. 그런 나카노 군이 자신의 불평을 끝까지 들어주지 않는 것은 유감스러운 일이다. 도중에 소나기를 만나 원하는 곳으로 가지 못하고 되돌아간 경우라고 할 수 있다. 남김없이 들어주지 않은 상태에서 태평하게 위로의 말을 건네는 건 더욱 유감스러운 일이다. 종기의 고름을 빼달라고 부탁했는데 적당히 솜으로 종기 주변을 닦아내기만 하면 더욱 가려울 뿐이다.

그러나 다카야나기 군이 이런 생각을 한다는 것이 한편으로는 억지 부리는 것처럼 보이기도 한다. 인형 같은 어린 소녀에게 게이샤 같은 고집이 없다며 공격하는 것은 어린 소녀의 사랑을 이해하지 못하는 자의 억지다. 나카노 군은 부유한 명문가에서 태어나 따뜻한 분위기에서 성장했다. 세상의 온갖 비바람은 그저 고타쓰[3]에 앉아서 유리문 너머로 바라본 풍경에 불과하다. 유젠(友禪)[4]의 무늬도 알고 있다. 금병풍의 선명한 색깔도 알고 있다. 은촛대의 반짝거림도 마찬가지로 친근하다. 살아 있는 여인의 아름다움은 더욱 그의 눈에 잘 들어온다. 부모의 은혜, 형제 사이의 정, 벗에 대한 믿음, 이런 것들을 이해하지 못할 정도로 꽉 막힌 사람은 물론 아니다. 다만 그가 살고 있는 반쪽 세상에는 지금까지 언제라도 밝은 햇살이 비치고 있었다. 햇살이 비치는 반쪽 세상에 살던 사람이 한쪽 발로 땅을 밟으며 이 발아래에 나머지 어두운 반쪽 세상이 있다고 깨닫는 것은 지리학을 배울 때뿐이다. 걸어 다니면서 우연히 깨달을 수도 있다. 그러나 분명 어두울 거라고 느끼고 진정으로 오싹하는 일은 없을 것이다. 다카야나기 군은 이런 어두운 곳에서 쓸쓸하게 살고 있는 인간이다. 나카노 군과는 그저 대지를 밟고 있는 발바닥이 마주하고 있다는 것 말고는 하등의 관계도 없다. 오시마와 지치부의 비단이 앞뒤로 꿰매진 것은 미덥지 못한 바늘귀를 견뎌가며 한 땀 한 땀 잇는 가는 실 덕이다. 이 실을 빼버리면 두 사람 사이의 거리는 가고시마 현과 사이타마 현 사이의 거리[5]처럼 아주 멀어지게 된다. 치통을 겪어본 적이 없는 사람에게 그 고통을 이야기하기보다는 빨리 의사에게 달려가는 것이 상책이다. 그렇게 아파하지 않아도 되잖아, 라는 말을 들은 환자는 결코 위로를 받았다

3 실내에서 열원 위에 탁자 같은 것을 놓고 그 위에 이불을 덮는 난방 기구.
4 비단 등에 화려한 채색으로 인물, 꽃, 새, 산수 따위 무늬를 선명하게 염색하는 일. 17세기 말에 교토에서 미야자키 유젠(宮崎友禪)이 창시했다.
5 가고시마 현은 규슈의 최남단이고 사이타마 현은 혼슈의 도쿄 인근이다. 두 대상이 상당히 멀리 떨어져 있다는 의미다.

고 생각하지 않는다.

"자넨 비관할 필요가 없어서 좋겠군."

비프스테이크를 반쯤 먹다가 포기한 다카야나기 군이 시키시마 담배를 피우며 상대의 얼굴을 바라보았다. 상대가 입을 우물거리며 오른손을 목과 함께 좌우로 흔든 것은 다카야나기 군의 말에 동의하지 않는다는 의미로 보인다.

"내가 비관할 필요가 없다고? 비관할 필요가 없다면 결국 난 어딘가 모자란 인간이라는 의미가 되잖아."

다카야나기 군은 자신도 모르게 얇은 입술을 움직였으나 그런 희미한 잔물결은 뺨까지 퍼지기 전에 사라져버렸다. 상대는 말을 다시 이어간다.

"나도 3년이나 대학을 다니면서 어느 정도 철학서와 문학서를 읽지 않았나. 이렇게 보여도 세상이 얼마나 비관해야 하는 대상인지 충분히 알고 있어."

"책을 통해서겠지."

다카야나기 군은 높은 산에서 계곡을 내려다보는 듯한[6] 표정으로 이렇게 말한다.

"책을 통해, 그래 책을 통해 이런 생각을 하게 된 것은 물론이지만, 실제로 나 역시 고통도 있었고 내적 번민도 있네."

"그러나 자넨 생활에 곤란한 점도 없고, 시간도 충분하지 않나. 공부도 하고 싶은 만큼 하고, 책을 쓰고 싶으면 마음대로 쓸 수 있으니까. 나와 비교하면 자넨 정말 행복한 거야."

다카야나기 군은 이번에는 자못 부러운 듯이 한숨을 쉬며 이렇게

6 "높은 산에서 계곡을 내려다보면 참외와 가지 꽃이 한창이다"라는 속요에 나오는 표현.

말했다.

"그렇지만 내면적으로는 나 역시 그다지 즐거운 일만 있는 건 아니야. 이래 봬도 여러 가지 걱정거리 때문에 인생이 싫어질 정도니까."

나카노 군은 계속 자신도 걱정거리의 소유권이 있다고 주장한다.

"그럴까?"

상대는 좀처럼 믿어주지 않는다.

"자네까지 놀리니 이거 일이 재미없게 되었군. 실은 오늘쯤 자네 집에라도 찾아가 동정을 좀 받아볼까 생각하고 있었는데."

"사정을 알아야 동정을 하든지 말든지 하지."

"사정은 차차 말하지. 너무 울적해서 이렇게 산보를 나온 거야. 조금은 내 심정을 헤아려주었으면 하네."

다카야나기 군은 이번에는 공연히 싱글싱글 웃었다. 조금은 헤아려 보려고 하지만 헤아릴 만한 것이 없다.

"그런데, 자네는 또 어째서 이 시간에 공원 같은 데서 산보를 하고 있는 건가?"

이렇게 말하면서 나카노 군은 다카야나기 군의 얼굴을 정면으로 바라보면서,

"야, 자네 얼굴은 묘하군. 햇볕을 쬐인 오른쪽은 혈색이 굉장히 좋은데, 그늘이 져 있던 쪽은 안색이 아주 좋지 않아. 기묘하군. 코를 경계로 모순이 서로 눈싸움을 하고 있어. 비극과 희극의 가면을 반반 이어붙인 모습이라고나 할까."

숨도 쉬지 않고 단번에 이런 말을 해버린다.

이런 무심한 평가를 들은 다카야나기 군은, 얼굴에 드러난 마음속 비밀을 읽혔다는 생각이 들어 오른손으로 이마에서 턱 언저리까지 스

옥 어루만졌다. 이렇게 해서 얼굴 위의 모순을 뒤섞으려는 생각인지도 모른다.

"아무리 날씨가 좋다고 해도 산책 같은 거 할 여유는 없어. 오늘은 신바시(新橋)까지 분실물을 찾으려고 갔다가 돌아오는 길에 잠시 쉬려고 이곳에 들른 거지."

얼굴을 휘젓던 손이 아직 턱 아래에 있다. 시무룩한 모습이다. 비극적인 면과 희극적인 면을 뒤섞었으니 보통 때의 얼굴이 되어야 하는데, 묘하게 탁한 상태가 되어버리고 말았다.

"분실물이라니? 뭘 잃어버린 거야?"

"어제 전차에서 초고(草稿)를 잃어버려서……"

"초고? 그거 큰일이군. 난 완성한 원고가 잡지에 발표될 때까지는 걱정이 돼서 참을 수가 없어. 실제로 초고라는 것은, 우리에게 목숨보다 중요한 것이니까."

"뭐, 그런 중요한 초고라도 쓸 수 있는 여유가 있으면 좋겠지만…… 틀렸어."

다카야나기는 자신을 경멸하는 듯한 어조로 이렇게 말했다.

"그건 무슨 초곤데?"

"지리 교수법의 번역 원고일세. 내일까지 보내준다고 했는데 지금 잃어버렸으니 원고료도 받을 수 없고, 다시 하지 않으면 안 되는데, 정말 짜증나는 일이지."

"그래서, 찾으러 갔는데도 없더란 말인가?"

"없더라고."

"어떻게 된 일이지?"

"아마 차장이 집에 가지고 가서 먼지떨이라도 만들었겠지."

"설마? 하지만 어디서든 찾지 못하면 곤란한데."

"곤란한 거야 내가 부주의한 탓이니 참아야겠지만, 그 분실물 담당은 정말 마음에 들지 않더군. 불친절하고 형식적이고, 마치 도장 찍는 것처럼 같은 내용을 나불나불 대강 말하고 나서 무엇을 물어도 모르겠습니다, 모르겠습니다만 연발하더라고. 그놈은 20세기 일본인을 대표하는 모범적인 인물이야. 그곳 사장도 분명 그런 녀석임에 틀림없어."

"정말 기분이 나빴던 모양이군. 그러나 세상에는 그런 분실물 담당 같은 인간만 있는 건 아니니 아직은 괜찮지 않나?"

"좀 더 인간다운 사람이 있을까?"

"야유를 하고 있군."

"세상이 야유를 받아야 하지 않을까? 지금 세상은 냉혹한 경진회(競進會)를 보는 듯해."

이런 말을 하면서 피우다 만 시키시마 담배를 2층 난간 아래로 던졌는데, 마침 고맙군, 하는 목소리와 함께 불쑥 출입문을 나서던 두 사내 중 한 사내의 중절모 위에 꽁초가 보기 좋게 떨어졌다. 사내는 모자에서 연기를 피우며 득의양양하게 걸어간다.

"어이, 너무 심한 짓을 했네."

나카노 군이 말했다.

"실수야. 뭐야, 아까 그 실업가들이네. 신경 쓸 필요 없으니 내버려 둬."

"역시 아까 그 남자들이군. 왜 지금까지 꾸물댄 거지? 아래층에서 당구라도 친 모양이군."

"어차피 분실물 담당과 비슷한 인간일 테니 무슨 짓이든 했겠지."

"저런, 이제 알아챘군. 모자를 벗어 털어내고 있어."

"하하하. 해학이 따로 없군."

다카야나기 군은 유쾌하다는 듯이 웃었다.

"자네도 상당히 나쁜 구석이 있군."

나카노 군이 말한다.

"그래, 착하진 않지. 우연이라고 해도 저런 식으로 원수를 갚는 건 하등한 짓이야. 이런 짓을 해놓고 즐거워한대서야 문학사(文學士)의 가치도 별 볼일이 없군."

다카야나기 군의 얼굴이 순식간에 다시 침울해진다.

"그래."

나카노 군은 친구의 말에 찬성하는 건지, 아니면 친구를 비난하는 건지 알 수 없는 애매한 대답을 한다.

"그러나 문학사라는 건 이름뿐이고, 사실 나는 필경사에 불과하니까. 문학사나 되어 지리 교수법의 번역 같은 허드렛일이나 하는 꼴이니, 좀 불안해. 그래도 졸업만 하면, 하고 기다려준 부모가 있으니. 생각해보면 내 부모가 참 가엾어. 이런 상태로는 언제까지 기다려준대도 별수 없지."

"이제 막 졸업했는데, 그렇게 갑자기 유명해질 수는 없지. 조만간 훌륭한 작품을 내서, 우리의 능력을 발휘하면 세상은 우리 것이 될 거야."

"어느 세월에."

"그렇게 조급해해선 안 돼. 신진대사는 서서히 일어나는 것이니 장기적인 관점에서 생각하지 않으면 안 되거든. 세상이 우리의 가치를 인정해주게 될 거야. 나 같은 존재라도 끊임없이 쓰다 보면 조금씩 사람들의 입에 오르내리게 될 테니까."

"자넨 괜찮지. 자신이 좋아하는 것을 쓰고 있을 여유가 있으니까. 나 같은 건 쓰고 싶은 것은 많은데 차분하게 작품 활동을 할 여유가 없네. 정말 유감스러운 일이지. 후원자라도 있어서 마음 편하게 공부할 여건이 된다면 명작을 쓸 수 있을 텐데 말이네. 최소한 뭐라도 좋으니까 매달 60엔쯤 받을 수 있는 자리라도 있으면 좋겠는데. 졸업 전부터 혼자 힘으로 생활해오긴 했지만, 졸업을 해도 역시 이렇게 곤란할 것이라고는 생각하지 못했네."

"그렇게 곤란하다면 달리 방법이 없군. 내가 우리 집 재산을 마음대로 할 수 있는 날이 오면 자네 후원자가 되어주겠네."

"예에, 잘 부탁드립니다…… 정말 이놈의 생활이 지긋지긋하네. 이제 생각해보니 시골 중학교의 교사 자리라는 거, 그렇게 쉬운 건 아닌 듯싶네."

"그렇겠지."

"내 친구 중에 철학과를 나온 녀석이 있는데, 졸업한 지 3년이 지났는데도 아직도 놀고 있다네."

"그런가?"

"그걸 생각하면, 어린 시절에 정말 철없이 나쁜 짓을 한 셈이지. 다만 지금과 그때는 시대가 다르기 때문에 교사 자리도 지금처럼 동이 나지는 않았을지도 모르지만."

"무슨 짓을 했는데?"

"내 고향의 중학교에 시라이 도야라는 영어 교사가 있었네."

"도야(道也)? 묘한 이름이로군. 무슨 솥에 새긴 글자[7] 같지 않아?"

"'도야'라고 읽었나, 확실히는 모르겠는데 우린 '미치야, 미치야'[8]라고 불렀지. 그 도야 선생이…… 역시 자네 예상대로 문학사였네. 그 선생을 우리가 끝내 힘을 합해 쫓아내버렸지."

"왜?"

"그냥 괴롭혀서 쫓아내버린 거지. 좋은 선생이었는데. 성품이나 뭐 그런 건 어릴 때였으니 정확히 알 수 없었지만 나쁜 사람은 아니었다고 해……"

"그런데 왜 쫓아낸 거지?"

"그게 말이네, 중학교 교사 중에는 상당히 나쁜 놈들이 섞여 있기 마련인데, 우리가 바로 그런 인간의 선동에 휘둘린 거지. 지금도 기억하고 있지만, 밤에 열대여섯 명씩 무리를 지어 도야 선생 집 앞에 가서 와, 하고 고함을 지르면서 두세 개씩 돌을 던지고 오곤 했지."

"난폭하군. 왜 그런 바보 같은 짓을 한 거지?"

"왜 그랬는지 모르겠어. 그저 재미있으니까 그런 짓을 한 거지. 아마 우리 무리에서 왜 그런 짓을 하는지 알고 있던 사람은 아무도 없었을 거야."

"태평한 말이로군."

"실로 태평했지. 그 이유를 알고 있는 사람은 우리를 선동한 교사뿐이겠지. 어쨌든 건방지니까 해, 라고 말하면서 우리를 선동했거든."

"지독한 놈이로군. 그런 놈이 교사로 있나?"

"있고말고. 상대가 어린아이니까 아무래도 말을 잘 듣기 때문인지도 모르지. 아무튼 있어."

---

7 메이지 28년(1895)에 쓴 소세키의 하이쿠 "화로를 쓰기 시작한 날에 도야(道也)의 솥(釜)을 주는구나"를 말한다.

8 일본어에서 '道'는 음으로 읽으면 '도', 훈으로 읽으면 '미치'가 된다.

"그래서 도야 선생은 어찌했나?"

"사직하고 말았다네."

"불쌍하군."

"정말 못된 짓을 저지른 거지. 아마도 전임지를 찾지 못하고 그간 생계가 곤란했을 거라고 생각하네. 이다음에 만나면 진심으로 사과의 뜻을 표할 생각이야."

"지금 어디 계신데?"

"어디에 계신지 몰라."

"그럼 언제 만날지 모르지 않나?"

"물론 그렇지. 언제 만날 수 있을지 알 수 없지. 경우에 따라서는 교사 자리가 없어 돌아가셨을지도 모르지. 확실히는 모르지만 교직을 그만두기 전에 교실에 와서 말한 적이 있거든."

"뭐라고?"

"제군! 나는 교직을 위해 살아야 할 사람이 아니다. 도를 위해 살아야 할 사람이다. 도는 존엄한 것이다. 이런 이치를 알지 못하는 동안은 아직 진정한 어른이 된 것이 아니다. 제군도 힘써서 알게 되기를."

"헤에!"

"전과 다름없이 우린 교실 안에서 와 하고 웃었네. 건방진 사람이군, 건방진 사람이군, 하며 웃었지. 누가 건방진지는 알려고 하지 않았네."

"시골 학교에는 정말 묘한 일이 있군."

"뭐 도쿄라고 해서 없겠나. 학교만이 아니야. 세상은 모두 이런 식이야. 보잘것없어."

"어쩌다 이야기가 길어졌군. 어떤가? 자네, 지금부터 시나카와(品

川)의 묘카엔(妙花園)까지 가지 않겠나?"

"뭐 하러?"

"꽃이나 볼까 하고."

"이제 돌아가 지리 교수법을 번역하지 않으면 안 돼."

"하루 정도 쉬어도 괜찮지 않나? 그런 아름다운 곳에 가면 기분이 좋아져 번역도 잘될 거야."

"그럴까? 자넨 놀러 가는 건가?"

"놀러 가는 겸, 거기서 잠깐 사생하고 와서 재료로 삼으려고 하네."

"무슨 재료?"

"완성되면 보여주지. 소설을 쓰고 있거든. 그 작품의 한 장에, 여자가 화원 안에 서서 조그맣고 붉은 꽃을 하염없이 바라보고 있으면, 붉은 그 꽃이 점점 옅어지는 장면을 쓰고 싶거든."

"공상소설인가?"

"공상적이기도 하고 신비하기도 하지. 아주 먼 옛날을 뭐랄까, 그리워하는 기분을 쓰고 싶네. 이런 분위기가 작품에 잘 표현되면 좋겠는데. 뭐 일단 완성되면 읽어주게."

"그럴 생각이면 묘카엔은 그다지 도움이 되지 않을 듯한데. 그보다 집에 돌아가 홀면 헌트[9]의 그림이라도 보는 편이 나을 거야. 아아, 나 역시 쓰고 싶은 게 많은데 어떻게 해도 시간이 없어."

"자넨 자연을 싫어하기 때문에 안 돼."

"자연이란 건, 아무래도 좋지 않나? 이런 통절한 20세기에 그런 속 편한 걸 말해 무엇 하겠나? 내가 쓰고 싶은 건 그런 꿈꾸는 듯한 내용

9 윌리엄 홀먼 헌트(William Holman Hunt, 1827~1910). 영국 라파엘 전파의 중심적인 화가로 종교적 분위기가 농후한 그림을 그렸다.

은 아니네. 아름답지 않아도, 고통스러워도, 괴로워도, 내 내면의 어딘가에 닿아 있으면 그걸로 만족하네. 시적이든, 시적이지 않든 그런 것이야 아무래도 좋네. 설사 내게 심한 고통이 따르더라도 스스로 자신의 육체를 잘라보고 역시 고통스럽군, 하는 측면을 충분히 써서 사람들에게 알려주고 싶네. 무사태평한 사람과 속편한 사람은 도저히 꿈에도 상상하지 못했던 깊은 내면에 이런 사실이 있다, 인간의 본질은 이곳에 있다는 걸 모르냐고 사람들에게 호소하는 그런 내용. 세상의 태평스러운 사람들에게 알려주어, 어럽쇼 그런가, 나는, 설마, 이런 세계가 있는지는 생각지도 못했는데, 그런 말을 들으니 정말 한 마디도 할 수 없군, 감탄하며 머리를 숙이는 것이 내가 원하는 거야. 자네와는 방향이 상당히 다르지."

"하지만 그런 문학은 왠지 기분이 좋지 않은데. 뭐 그건 자네의 선택이니까. 어떤가? 묘카엔에 가지 않을 텐가?"

"묘카엔에 갈 여유가 있으면 한 페이지라도 내 주장을 쓰겠네. 뭐랄까, 생각하면 몸이 근질근질해져. 정말 이렇게 태평하게 설구운 비프스테이크나 먹고 있을 수는 없어."

"하하하. 또 서두르는군. 괜찮지 않나. 아까 본 상인 같은 자들도 있잖은가."

"그런 자들이 있기 때문에 난 더욱 일이 하고 싶어져. 적어도 그런 자들의 10분의 1만이라도 돈과 시간이 있다면 써 보일 수 있는데."

"그럼 어떻게 해도 묘카엔에는 갈 수 없다는 말이군."

"늦어질 테니까. 자넨 겨울옷을 입고 있지만, 난 아직도 여름옷 차림이라 돌아올 때 추워져서 감기라도 걸리면 안 돼."

"하하하. 묘한 도피처를 발견해냈군. 이제 겨울옷을 입어야 할 때가 아닌가? 그냥 옷을 갈아입으면 될 것을. 자넨 역시 만사를 귀찮아해."

"귀찮아서 옷을 갈아입지 않은 게 아니야. 겨울옷이 없어서 갈아입지 못한 거지. 이 여름옷 역시 외상으로 구입해서 아직 한 푼도 갚지 못했다네."

"그런 건가?"

나카노 군은 가엾다는 표정을 지었다.

점심을 먹으러 왔던 손님들은 모두 돌아가고, 두 사람이 자리에서 일어섰을 때는 여기저기 식탁보 위에 빵 부스러기가 쓸쓸하게 흩어져 있었다. 공원 안은 아까보다 한층 더 붐볐다. 공짜 벤치는 여전히, 어디의 누구인지도 모르는 남자와 여자들로 점령돼 있다. 가을날의 햇살이 여름옷의 등 뒤로 맹렬하게 비쳐온다.

3

노송나무로 만든 문짝에 은으로 만든 듯한 기와를 올린 문을 통과하면, 물을 뿌린 화강암이 깔린 비스듬한 길을 열 발자국 정도 걷는다. 포석의 끝자락에 간유리로 된 여닫이문이 좌우에서 쓸쓸하게 닫혀서, 가을이 깊어가는 저택 안이 고요하다.

곱게 다듬은 사철나무 기둥에 달린 상아(象牙) 배꼽[1]을 살짝 누르면 잠시 후에 안쪽에서 발걸음 소리가 가까워온다. 찰카닥 하고 자물쇠가 풀린다. 현관문이 좌우로 열리자 거울처럼 깨끗한 바닥이 보인다. 오른쪽에는 둘레가 30센티미터쯤 되는 모조품 주니(朱泥)[2] 화분이 있고, 화분 안에는 두세 개의 종려죽이 나부낄 바람도 받지 못하고 조용하게 가로놓여 있다. 정면에는 1미터 정도 높이의 금병풍이 서 있는데, 그 안에서는 산조(三條)의 작은 대장간(小鍛冶)[3]에서 괴이한 모양의 사람이 맞메질을 하며, 영몽(靈夢)에 들어맞는 천황의 명검을 딱

---

1 상아로 만든 초인종의 버튼.
2 중국 강소성 선흥에서 나는 석질의 잿물로 안을 발라 만든 붉은 진흙의 자기.

하고 치고 딱 하고 치고 있다.

손님을 맞으러 나온 사람은 열여덟아홉쯤 된 듯한 얌전한 하녀였다. 시라이 도야의 명함을 받은 채로 "큰 도련님을?" 하고 묻는다. 도야 선생은 고개를 갸우뚱하며 잠시 생각에 잠겼다. 이 집 큰 도련님이든 큰 주인영감이든 나카노라는 사람을 만나는 것은 이번이 처음이다. 경우에 따라서는 아무도 만나지 못하고 돌아갈지도 모를 일이었다. 큰 도련님인지 큰 주인영감인지는 일단 만나보면 알게 될 것이다. 또는 평생 알지 못하게 될지도 모른다. 지금까지 누군가를 방문했다가 상대가 노인인지 어린아이인지, 또는 절름발이인지, 애꾸눈인지 미립이 나기 전에 문전박대당한 경우가 여러 번이었다. 쫓겨나지만 않는다면 큰 도련님이든 큰 주인영감이든 물을 계제가 아니다. 그러나 질문을 받은 이상 어떻게든 대답을 해야 한다. 아무래도 좋을 일을, 아무래도 좋지 않은 것처럼 결단하도록 강요당하는 것은 현명한 사람이 어리석은 사람에게 지불해야 하는 세금과 같은 것이다.

"그…… 대학을 졸업한 분……" 하고 말했지만, 경우에 따라서는 아버지도 대학을 졸업했을지 모른다는 생각이 들었다.

"문학을 공부하신 분" 하고 정정했다. 하녀는 아무 말도 없이 인사를 하고 앞서간다. 하녀가 신은 흰 버선의 뒷부분만이 눈에 띄게 더러워진 것이 보인다. 도야 선생의 머리 위에는 둥그런 모양의 쇠로 만든 등롱이 매달려 있다. 물결 위에 물떼새 모양을 뚫어놓았는데 뚫린 곳에는 종이가 발라져 있다. 저 안에 어떻게 불이 붙는 걸까, 선생은 고

---

3 일본 가무극의 대본 격인 요쿄쿠(謠曲) 「고카지(小鍛冶)」의 한 장면. "괴이한 모양의 사람"은 칙명을 받아서 검을 만드는 산조의 대장장이 무네치카(宗近)를 도와 맞메질을 하는 이나리 묘진(稻荷明神)이다.

개를 쳐들고 긴 쇠사슬을 바라보며 생각에 잠겼다.

하녀가 다시 나온다. 이쪽으로 오시지요, 라고 말한다. 도야 선생은 엄지발가락 부분이 파이고, 앞쪽 끈이 느슨해진 나막신을 훌륭한 댓돌 위에 벗어놓고, 긴 수세미외 같은 몸을 움직여 하녀의 뒤를 따라갔다.

응접실은 서양식이었다. 둥근 테이블에는 장미꽃 모양을 흩뜨려 대여섯 송이를 옅은 색으로 짠 테이블보를 적당히 씌웠는데, 끝자락은 같은 색상의 융단과 거의 닿을 것처럼 물결을 그리며 마루 위로 떨어뜨렸다. 막아놓은 난로 30센티미터 앞에는 지저분한 것을 감추기 위해 두 폭의 작은 병풍을 세워놓았다. 커튼은 적갈색 비단이어서 전체 장식의 조화를 다소 깬 듯하지만, 이런 점은 도야 선생의 눈에는 들어오지 않는다. 선생은 태어나서 아직껏 이런 아름다운 방에는 들어와본 적이 없다.

선생은 고개를 들어 벽의 액자를 보았다. 춤추는 소녀가 유젠의 긴 소매를 펄럭이며 북을 두드리고 있다. 북을 치고 막 되돌아온 흰 손가락의 모습이 새끼손가락 끝까지 잘 표현되어 있다. 그러나 그런 점에 신경을 쓸 도야 선생이 아니다. 선생은 그저 기품이 없는 그림이 걸려 있다고 생각했을 뿐이다. 반대편 구석에는 누보식[4]의 책장이 있는데, 아름다운 서양 책들의 금박문자가 커튼 사이로 비치는 햇빛에 마르고 있다. 보기 좋은 광경이다. 그러나 도야 선생은 전혀 압도당하지 않았다.

---

4 누보(nouveau)식. 아르누보. 19세기 말에 프랑스에서 시작된 양식. 같은 두께의 단조로운 선으로 그리는 도안이 주를 이루는 모던한 양식으로 메이지 30년대 후반에 일본에 들어와 인기를 끌었다.

그때 나카노 군이 들어온다. 명주 솜옷에 비단 허리띠를 빙빙 감고 금테 안경 너머로 도야 선생을 눈이 부시다는 듯 바라보면서, "이거 기다리게 해서 죄송합니다"라고 말하며 의자에 앉는다.

도야 선생은 싸구려 기모노 위에 검은색 무명으로 된 몬쓰키(紋付)[5]를 입고 평직 비단으로 만든 하카마[6] 속에 두 손을 넣은 채로 "이거 실례합니다"라고 인사를 한다. 태연한 사람이다.

나카노 군은 인사를 하고 나서도 의연하게 눈이 부시다는 듯한 표정을 지어 보이다가, 이윽고 과감한 기세로, "당신이, 시라이 도야라는 분인가요?"라고 호기심 가득한 눈길로 물었다. 그건 물어보지 않아도 명함을 보면 알 수 있다. 그런데도 이렇게 묻는 것은 그가 세상살이에 익숙하지 못한 문학사이기 때문이다.

"네."

도야 선생은 침착하다. 나카노 군의 예상은 빗나갔다. 나카노 군은 명함을 받았을 때 깜짝 놀라, 머릿속에는 학교에서 쫓겨난 중학교 교사 생각만 가득했다. 마음속으로 불쌍하다고 생각하면서, 깃과 꽁지가 말라버린 모습을 눈앞에서 보니, 당신이 그 중학교에서 학생들에게 괴롭힘을 당한 시라이 씨입니까, 라고 캐묻고 싶은 마음 간절하다. 하지만 아무리 가엾다고 해도 시라이가 아닌 사람을 가엾어 하는 것은 도움이 되지 않는다. 가엾게 여기기 위해서는 "당신이 시라이 도야라는 분인가요?"라고 운을 떼지 않을 수 없다. 그러나 기껏 운을 뗀 물음도 "네"라는 상대의 태연한 대답으로 헛되이 죽고 말았다. 미숙한 문학사에게는 다음 말을 이을 활력도 남을 속일 계략도 없었다. 다

---

5 가문(家紋)을 새겨 넣은 예복.
6 일본 옷의 겉에 입는 주름 잡힌 하의.

른 사람을 동정하고 싶다는 생각을 하는데, 상대방이 태연함이라는 갑옷을 입고 있으면 더 이상 연기를 하기는 어렵다. 솜씨가 좋은 사람은 그 '태연함'의 한 구석을 바늘로 찔러서라도 자신의 생각을 관철시킨다. 나카노 군은 호인이기는 하지만 그 정도로 사람을 다룰 수 있을 만큼 세상을 알지 못한다.

"실은 오늘 이렇게 찾아뵌 것은 좀 부탁드릴 일이 있어서입니다만."

이번에는 도야 선생 쪽에서 치고나온다. 부탁은 동정심과 좋은 맞수다. 부탁할 일이 없는 사람에게는 동정할 의욕을 갖기 어렵다.

"아, 제가 들어드릴 수 있는 일이라면."

나카노 군은 시원스럽게 승락했다.

"실은 이번 고코 잡지(江湖雜誌)[7]에서 '현대 청년들의 번민 해결'이라는 주제로 여러 선생님들의 고견을 실을 계획인데, 아무래도 대가들의 고견만으로는 재미가 없다고 해서 되도록 새로운 분들을 찾아 이렇게 부탁을 드리게 되었습니다. 실은 잡지사에서 찾아뵈라고 청탁을 받고 왔습니다만, 괜찮으시다면 말씀해주시는 내용을 직접 받아 적어 가고자 합니다."

도야 선생은 조용히 주머니에서 수첩과 연필을 꺼냈다. 꺼내 들긴 했지만 특별히 필기를 하고 싶다는 기색도 없었고, 상대에게 억지로 의견을 피력하도록 강요할 생각도 없는 듯했다. 그는 이런 바보 같은 문제를, 이런 청년의 입을 통해 해결하고 싶은 생각이 없었다.

"역시."

---

7 메이지 25년(1892)에 철학서원에서 창간한 《고코문학》을 말하는 듯하다. 이 잡지는 원래 문학평론을 주로 실었는데 도쿄 대학 출신 문사들이 글을 많이 썼다. 소세키 역시 이 잡지에 글을 기고한 적이 있다.

청년은 반짝이는 눈을 들어 도야 선생을 바라보았지만, 선생이 하루 지난 맥주처럼 김이 빠진 얼굴을 하고 있어, 이번에는 "그렇다면"이라고 좀 길게 늘이며 아래쪽을 바라보고 말했다.

"어떠십니까? 뭐 하실 말씀이라도 있습니까?"

선생은 체면상 마지못해 재촉한다. 없다고 말하면 금방이라도 돌아갈 기세다.

"그렇군요. 그런 생각을 갖고 있다고 해도, 저 같은 사람이 하는 말을 잡지에 실을 가치는 없을 겁니다."

"아니, 괜찮습니다."

"도대체 어디에서 듣고 찾아오신 건가요? 이렇게 갑자기 찾아오시니 정리된 이야기를 해드릴 수가 없군요."

"잡지사 사장이 이런저런 지면을 통해 뵈었다 해서."

"아니, 어떻게?"

나카노 군은 얼굴을 옆으로 돌렸다.

"아무 말이라도 좋으니 조금만 말씀해주시지요."

"글쎄요."

청년은 창밖을 보면서 주저하고 있다.

"모처럼 온 것이니까요."

"그럼 무슨 말이든 해보지요."

"네, 그럼."

도야 선생이 연필을 집어 들었다.

"아무래도 번민이라는 말이 최근 상당히 인기를 끌고 있는 것 같은데,[8] 대개는 반짝 유행하고 마는 것이지요. 그런 종류의 번민은 이 세상이 시작될 때부터 끝날 때까지 계속될 것이기 때문에 문제되지 않겠지요."

"흠."

도야 선생은 아래쪽을 바라보면서 연필을 움직여댄다. 종이 위에 연필이 굴러가는 소리가 선명하게 들려온다.

"그러나 대부분의 청년이 반드시 한 번은 빠지는, 또 빠져야만 하는 자연으로부터 요구되는 심각한 번민이 한 가지 있지요……"

연필 소리가 들려온다.

"그것이 무엇이냐 하면, 바로 사랑……"

도야 선생은 순간 필기를 멈추고 묘한 표정을 지으면서 상대를 바라보았다. 나카노 군은, 새삼 알아차렸다는 듯이 잠깐 풀이 죽었다가 곧 정신을 차리고 말을 이었다.

"단지 사랑이라고 하면 묘하게 들릴지 모릅니다. 또 최근에는 사람들이 지나치게 연애 이야기를 하는 것을 꺼리는 것 같습니다만, 이런 종류의 번민은 분명한 사실이고, 사실 앞에서는 어떤 사람도 고개를 숙이지 않으면 안 되기에 어쩔 수 없는 것이지요."

도야 선생은 다시 얼굴을 들었다. 그러나 그의 길고 창백한 얼굴은 조금도 움직이지 않았기에, 그가 무슨 생각을 하는지는 알 수 없었다.

"우리가 평생 동안 겪는 번민 중에서 가장 통절하고 가장 심각하며 가장 극렬한 번민은 사랑 말고는 없을 거라고 생각합니다. 그래서 말하자면, 이런 강력한 위력이 있기 때문에 우리가 한번 이런 번민의 화염 속에 처하게 되면 굉장한 변형을 겪게 됩니다."

"변형이라고요?"

---

8 러일전쟁 직후인 1903년 제1고등학교 학생 후지무라 미사오(藤村操)가 닛코(日光)의 게곤(華嚴) 폭포에서 투신자살한 사건으로 당시 일본에 철학적인 번민이 유행했다.

"네. 형태가 바뀐다는 의미입니다. 그전까지는 그저 둥실둥실 떠 있는 거죠. 세상과 자신의 관계를 잘 모른 채 빈둥빈둥 살다가, 갑자기 자신이 명료하게 드러나게 되는 것이지요."

"자신이 명료하게 드러난다니요?"

"자신이라는 존재가 그렇게 된다는 말입니다. 자신이 살아 있는 듯한 느낌이 확연하게 들게 되는 것이지요. 그렇기 때문에 사랑은 일방적으로 말하면 번민이 틀림없지만, 이런 번민을 거치지 않으면 자신이라는 존재를 평생 깨닫지 못하게 되는 것입니다. 이런 정죄(淨罪)의 세계에 들어선 사람이 아니라면 천국에는 오를 수 없다고 생각합니다. 그저 낙천적이라는 것만으로는 부족합니다. 사랑의 괴로움을 맛보고 인생의 의미를 확인한 뒤의 낙천이 아니라면, 거짓입니다. 그렇기 때문에 사랑의 번민은 결코 다른 방법으로는 해결되지 않습니다. 사랑의 문제를 해결하는 것은 사랑 말고는 없습니다. 사랑은 우리로 하여금 번민하게 만들기도 하고, 또 우리를 해탈시켜주기도 하는 것입니다……"

"그 정도로……"

도야 선생이 세 번째로 얼굴을 들었다.

"아직 조금 남았습니다만……"

"의견을 더 듣고는 싶습니다만, 꽤 많은 분들의 의견을 실을 예정이라서 더 말씀하셔도 나중에 삭제되면 오히려 실례가 될 것 같아서요."

"그렇습니까? 그렇다면 이 정도로 해두지요. 뭐랄까, 이런 이야기는 처음 해보는 터라, 필기하시기 어려우셨겠습니다."

"아닙니다."

도야 선생은 수첩을 주머니에 넣었다.

청년은 필기하는 사람이 자신의 의견을 듣고 감탄한 나머지 어느 정도 찬사를 표할 것이라고 생각했지만, 상대는 변함없이 태연한 표정으로 단지 "아닙니다"라고 대답했을 뿐이다.

"이거 실례가 많았습니다."

손님이 일어난다.

"더 계셔도 괜찮습니다."

나카노 군이 멈춰 세운다. 적어도 자신이 말한 내용에 대한 비평을 조금이라도 듣고 싶었던 것이다. 그것 말고도 히비야에서 다카야나기 군에게 들었던 선생님 이야기를, 약간의 호기심에서 확인해보고 싶은 것이었다. 한마디로 말해서 나카노 군은 한가했다.

"아닙니다. 일부러 시간을 내주셨는데, 바빠서 이만."

손님은 이미 의자에서 일어나 테이블에서 한 발자국 물러섰다. 한가한 나카노 군도 "그럼" 하고 결국은 항복하고 머리를 숙여 인사하고 만다. 현관까지 배웅을 하러 나와 큰맘 먹고, "당신은 혹시, 다카야나기 슈사쿠(高柳周作)라는 남자를 알고 계시지 않습니까?" 하고 마음속 궁금증을 풀기 위해 물어본다.

"다카야나기? 아무래도 모르는 사람 같은데요."

댓돌에서 나막신 한 쪽을 꺼내 현관 바닥에 놓고, 큰 몸을 뒤쪽으로 반쯤 비튼다.

"올해 대학을 졸업한……"

"그렇다면 더군다나 알 도리가 없죠"라고 말하며 두 다리 모두 현관 바닥 위로 내려놓는다.

나카노 군이 다시 무언가 말하려는 순간, 돌 위를 덜컹덜컹 구르는 인력거의 삐걱이는 소리가 들리더니 유리문 앞에 멈추어 선다. 도야 선생이 대문을 열자 인력거에 탔던 사람이 두꺼운 가죽 신발을 훌쩍 화강암 위에 내려놓았다. 마치 오색구름이 눈앞을 스쳐 지나간 것처럼 거리로 사라진다.

시각은 이미 4시를 지났다. 짙푸른 빛에 엷은 암갈색이 가로지른 하늘 저편에 솔개 한 마리가 춤을 추고 있다. 기러기는 아직 날아오지 않는다. 맞은편에서 아이 하나가 하카마의 트인 허리 부분을 쥔 채로 창가를 부르며 유쾌한 듯 걸어온다. 어깨에 짊어진 조릿대 가지에는 풀의 이삭으로 만든 올빼미[9]가 춤을 추듯 매달려 간다. 아마도 조시가야[10]라도 갔다 오는 모양이다. 처마가 깊은 과일 가게 안쪽에 놓인 감만이 밝게 보인다. 저녁이 다가오자 어쩐지 쌀쌀하다.

야쿠오지(藥王寺) 앞에 왔을 때는 모자의 차양 아래에서 오고가는 사람의 얼굴 정도만 분간이 가능할 무렵이었다. 삼십삼소(三十三所)라고 새겨놓은 돌로 된 표지를 오른쪽으로 바라보고 염색집 옆길을 50미터쯤 지나 서쪽으로 들어가자 자신의 집 대문이 나타난다. 집 안은 캄캄하다.

"다녀오셨어요?"

아내가 부엌에서 말한다. 부엌이나 현관이 크게 다르지 않을 정도로 작은 집이다.

"하녀는 어디 간 거야?"

2첩 현관에서 6첩 다다미방으로 들어간다.

"잠깐 야나기초(柳町)에 심부름 보냈어요."

아내는 다시 부엌으로 돌아간다.

---

9 조시가야(雜司ヶ谷) 기시모진(鬼子母神) 경내에서 파는 참억새 이삭으로 만든 장난감.
10 조시가야레이엔(雜司ヶ谷靈園). 도쿄에 있는 묘역으로 나쓰메 소세키도 이곳에 묻혀 있다.

도야 선생은 도코노마[11]의 한쪽 구석에 밀어놓았던 램프를 들고 툇마루로 나가 몸소 손질하기 시작한다. 원고지 비슷한 종이로 기름통을 닦고 유리통을 닦고 마지막으로 심지의 검은 부분을 적당히 문지른 다음 둥글게 뭉친 종이를 정원에 버린다. 정원은 컴컴해져 낌새를 전혀 알 수 없다.

선생은 책상 앞에 앉아 성냥을 그어 슉 하는 사이 램프에 불을 붙인다. 방은 금방 밝아진다. 도야 선생을 위해 말한다면 오히려 밝아지지 않는 편이 낫다. 도코노마는 있지만 그저 구색만 갖추었을 뿐 실제로는 족자도 아무것도 걸려 있지 않다. 그 대신 겹겹이 책이며 원고지며, 수첩 등이 쌓여 있다. 책상은 칠을 하지 않은 네모난 나무 판에 다리를 단 정도의 간단한 것인데, 잉크병과 변변치 못한 붓과 벼루 말고는 아무것도 놓여 있지 않다. 도야 선생에게 장식은 불필요한 것인지 아니면 필요하다고 해도 그런 것에 탐닉할 여유가 없는 것인지는 의문이다. 그저 도야 선생이 온기라고는 전혀 없는 이런 초라한 방에서 편안하게 글을 쓸 용기가 있다는 것은 누가 보더라도 부정할 수 없는 사실이다. 어쩌면 선생은 장식 이외의 어떤 것을 목적으로 생활하고 있는지도 모른다. 단지 이 부정할 수 없는 사실을 확인하면 할수록 아내는 불쾌해진다. 여자는 장식에 살고 장식에 죽는다. 대다수의 여자들은 자신의 운명을 지배하는 사랑조차도 장식의 차원에서 바라보기를 주저하지 않는다. 사랑이 장식이라면 사랑의 당사자인 애인도 당연히 장식품이다. 아니, 자기 자신조차 장식품으로 바라볼 뿐만 아니라, 자신을 장식품으로 바라봐주지 않는 사람을 바보 취급한다. 다만

---

11 일본식 다다미방 한쪽 바닥을 한 층 높게 만들어 벽에는 족자를 걸고 바닥에는 꽃이나 장식물을 꾸며놓은 곳.

대부분의 여자들은 자신이 그렇게 세상을 바라보고 있으면서도, 자신이 그렇게 보고 있다고는 결코 생각하지 않는다. 그저 주위를 둘러싼 사물이나 인간이 이런 장식용 목적에 적합하지 않은 경우를 발견하면 왠지 모르게 불쾌하게 받아들인다. 불쾌감을 느끼고 있다고 말하는데도 주위의 사물과 인간이 의연하게 과거의 모습을 고치지 않는다면 자신의 눈에 비치는 불쾌감을 좌우전후로 반사하여 이래도 고치지 않겠냐고 몰아붙인다. 마침내는 이래도, 이래도, 하며 온 힘을 기울여 불쾌감을 반사한다. 도야의 부인이 이 정도까지 진보한 상태인지는 의문이다. 그러나 평범한 일반 여성이기 때문에 장식이라고는 찾아볼 수 없는 이런 분위기 속에서 살다 보면 자연스럽게 그렇게 되는 것이 당연하리라. 어쩌면 이미 그렇게 바뀌고 있는지도 모를 일이다.

도야 선생은 드디어 안주머니에서 예의 그 필기장을 꺼내 원고지에 옮기기 시작했다. 하카마를 입고 정자세로 앉은 채다. 하카마를 입은 채, 정좌한 채로 나카노 기이치의 연애론을 필기하고 있다. 사랑과 도야, 사랑과 이 방은 도저히 조화를 이루지 못한다. 도야가 무슨 생각을 하면서 옮겨 적고 있는지는 알 수 없다. 사람은 가지가지다. 세상도 가지가지다. 가지가지인 세상에서 가지가지인 사람들이 움직이고 있는 것도 역시 자연스러운 이치다. 다만 크게 움직이는 사람이 승리하고, 깊게 움직이는 사람이 승리하지 않으면 안 된다. 도야는 그 금테 안경을 쓴 연애론자보다 작고 또 얕다고 자각해서 그처럼 신중하게 필기한 내용을 옮기고 있는 것일까? 방의 뒤쪽에서 귀뚜라미가 울고 있다.

아내가 장지문을 열었다. 도야는 돌아다보지도 않는다. "뭐……" 하고 내뱉고는 아내의 얼굴은 사라진다.

하녀가 집에 돌아온 모양이다. 콩자반이 떨어져 볶은 된장을 사왔다고 한다. 두부가 5리(厘)[12] 올랐다고 한다. 뒤편의 센넨지(專念寺)에서 저녁 독경을 컹컹거리며 읊고 있다.

아내의 얼굴이 다시 장지문 뒤에 나타났다.

"여보."

도야 선생은 어느 틈엔가 필기장을 덮고 이번엔 다른 종이에 무엇인가를 열심히 적고 있다.

"여보."

아내가 다시 부른다.

"왜?"

"식사하세요."

"그래? 지금 가지."

도야 선생의 시선은 아내의 얼굴을 잠깐 마주 볼 뿐, 곧 책상으로 향한다. 아내의 얼굴도 곧 사라진다. 부엌 쪽에서 킥킥 웃는 소리가 난다. 도야 선생은 이 한 구절을 다 쓰기 전에는 밥도 먹고 싶지 않은 듯하다. 마침내 마침표를 찍기에 좋은 곳을 발견하고 쓰기를 멈추더니 옆에 쌓아둔 초고를 넘겨보고 "231페이지"라고 혼잣말을 했다. 저술이라도 하고 있는 듯하다.

자리에서 일어나 옆방으로 들어간다. 화로 위에 납작한 냄비가 걸려 있고 흰 두부가 김을 내며 보글보글 끓고 있다.

"물두부인가?"

"네, 아무것도 없어서요. 좀 면목이 없군요……"

"아무거나 좋아. 먹을 수만 있다면 아무거나 괜찮아."

12 1리(厘)는 1천 분의 1엔을 말한다.

도야 선생은 밥상으로 쓰는, 찬합을 겸하는 듯한 네모난 것 앞에 앉아 젓가락을 집는다.

"어머, 아직 하카마를 벗지 않았어요? 너무하네요."

아내는 밥그릇에 밥을 가득 담아 건넨다.

"너무 바빠 그만 잊고 있었네."

"일부러 바쁘다는 생각을 하고 계시니까……"

이렇게 말하고 말 뿐, 아내는 무심히 물두부 냄비와 쇠주전자를 바꿔 건다.

"그렇게 보이는가?"

도야 선생은 의외로 태연하다.

"편하게 돈을 벌 수 있는 일은 그만두시고, 바쁘다면서 한 푼도 생기지 않는 일만 하고 계시니까요. 그렇지 않나요? 누가 봐도 취미생활을 하는 거라고 생각할 거예요."

"그렇게 생각을 해도 어쩔 수 없군. 그건 내 주의(主義)니까."

"당신은 주의니까 그걸로 됐겠지요. 그러나 저는……"

"당신은 그 주의가 싫다는 말이야?"

"좋고 싫고의 문제가 아니에요. 적어도…… 보통 사람처럼, 아무리 저라도……"

"먹을 수만 있다면 괜찮지 않나? 사치를 부리자면 누구라도 끝이 없어."

"어차피 그렇지요. 나 같은 건 어떻게 되든 상관없겠지요."

"이 볶은 된장 굉장히 짜군. 어디서 사온 거지?"

"그래요?"

도야 선생은 머리를 들어 맞은편 벽을 봤다. 잿빛의 차가운 색 위에 커다란 아내의 그림자가 비친다. 무의식적으로 도야의 눈에는 그 그림자와 아내가 같은 것처럼 비쳤다.

그림자 옆에 명주로 보이는 여자 나들이옷이 대나무 옷걸이에 걸려 있다. 아내의 옷치고는 제법 화려한 편이지만, 시골에서 지내면서 다소 형편이 좋을 때 사준 것으로 아직까지 기억하고 있다. 그 무렵에는 생각도 지금과는 많이 달랐다. 자신과 비슷한 사상과 감정을 갖고 있는 사람이 드물지 않다고 믿고 있었다. 그래서 당시에는 스스로 솔선해서 붓의 힘으로 세상을 깨우칠 생각도 전혀 하지 않았다.

지금은 그때와는 정반대다. 세상은 명문(名門)을 입을 모아 칭송한다, 세상은 부자들을 칭송한다, 세상은 박사, 학사까지도 칭송한다. 그러나 공정한 인격을 만나서, 지위를 저버리고, 금전을 저버리고, 또는 학력이나 재능, 기예를 저버리고, 인격 그 자체만을 존경하는 일을 이해하지 않는다. 인간의 근본에 해당하는 인격에 비판의 기준을 두지 않고, 그 곁에 해당하는 부속물로 모든 것을 평가하려고 한다. 이 부속물과 공정한 인격이 싸움을 벌일 때, 세상 사람들은 반드시 이 부속물에 흔들려서 인격을 유린하려고 한다. 세상이 한 사람의 공정한 인격을 잃을 때, 세상은 그만큼 빛을 잃는다. 공정한 인격은 백 명의 귀족, 백 명의 거부, 백 명의 박사로도 보상하기 어려울 정도로 존귀한 것이다. 우리에게 이런 인격을 지켜내는 것보다 의미 있는 일은 존재하지 않는다. 추울 때 옷을 입고 배고플 때 밥을 먹는 것은 인격을 지키려는 한 가지 방법에 불과하다. 글을 쓰고 벼루를 닦는 것 역시 이 공정한 인격을 다른 방식으로 관철하기 위한 방편에 지나지 않는다. 이것이 바로 현재 도야가 갖고 있는 신념이다. 이런 신념을 품고 세상을 살아가는 도야는 아내의 비위나 맞춰주고 있을 수는 없다.

벽에 걸려 있는 아내의 나들이옷을 바라보던 도야는 잠시 후 저녁 식사를 마치면서 묻는다.

"어디 갔다 온 거야?"

"네."

아내는 한 마디로 대답한다. 도야는 입을 다문 채 차를 마신다. 초목 끝이 말라가는 가을인 만큼 대단히 고즈넉한 대화다.

"그래요, 빈둥빈둥 무명끈이나 물고 있을 수도 없고, 집주인에게도 어떻게든 하지 않으면 안 되고, 이번 달 말에는 장작 값도 지불해야 하기 때문에 돈을 마련하러 갔다 왔어요."

이번에는 아내 쪽에서 이렇게 말을 꺼낸다.

"그래? 전당포에라도 갔던 거야?"

"전당포에 맡길 물건은 이제 없어요."

아내는 원망하는 눈길로 남편의 얼굴을 바라본다.

"그럼 어디 갔던 거야?"

"어디라니요? 마땅히 갈 곳도 없어서 형님 댁에 갔어요."

"형님 댁에? 공연한 짓을 했군. 형님 댁 같은 델 가봤자 무슨 뾰족한 수가 있나."

"그래요. 당신은 무슨 일이든 그렇게 처음부터 헐뜯고 끝내시기 때문에 좋지 않아요. 아무리 교육 수준이 맞지 않고, 성격이 맞지 않는다고 해도 피를 나눈 형제잖아요."

"형제는 형제지. 형제가 아니라고 말한 적은 없어."

"그러니 무릎을 맞대고 서로 상의할 수 있는 거잖아요. 이럴 때는 좀 상의하면 얼마나 좋아요."

"난 안 가."

"그게 바로 오기예요. 당신은 늘 그런 식이죠. 얼마나 손해예요. 공연히 사람을 싫어해서……"

도야 선생은 아내의 말에는 전혀 관심이 없는 듯 벽에서 움직이는 아내의 그림자를 보고 있다.

"그래서 돈을 마련했다는 거야?"

"당신은 무슨 일이든지 너무 급한 게 탈이에요."

"뭐가?"

"그렇잖아요. 변통이 되기 전에는 이런저런 복잡한 사정도 있는 거고, 지금 사정도 있지 않아요?"

"그래? 그럼 처음부터 다시 묻지. 그래서, 당신이 형님 집에 갔다고 했지? 내겐 비밀로 하고."

"비밀이라뇨, 당신 때문에 간 거잖아요."

"좋아. 그건 그렇다 치고. 그러고 나서?"

"그래서 아주버님을 뵙고 그동안 연락드리지 못해 죄송하다고 자초지종을 말씀드리고 나서 사정 이야기를 했죠."

"그러고 나서?"

"그러자 아주버님이 고생이 많다며 저를 안쓰럽게 생각해주셔서……"

"당신을 안쓰러워했다고? 음…… 그 숯을 좀 집어넣어봐. 불씨가 꺼지려고 하잖아."

"그리고, 그거 빨리 정리하지 않으면 안 되겠군, 도대체 왜 지금까지 그냥 내버려둔 거지, 하고 말씀하셨어요."

"말은 잘하는군."

"당신은 아직도 형님을 의심하고 계시군요. 그럼 벌 받을 거예요."

"그래서 돈이라도 빌렸다는 거야?"

"그것 봐요. 당신은 너무 성격이 급해요."

도야 선생은 좀 우스꽝스럽게 됐다고 느껴져서 히죽 웃고는 시선을 아래로 향하고 숯을 불기 시작했다.

"음, 얼마 정도 있으면 지금까지의 손실을 깨끗하게 메울 수 있는지 물으시기에…… 좀처럼 말씀드리기 어려웠지만 결국 과감하게……"

아내는 잠깐 말을 끊었다. 도야는 연신 숯만 불고 있다.

"그러니까, 결국 과감하게…… 당신 듣고 계신 거예요?"

"듣고 있어."

도야는 불기운으로 붉게 물든 얼굴을 든다.

"과감하게 백 엔쯤이라고 말씀드렸어요."

"그래? 형님이 놀랐겠군?"

"그렇게 말씀드렸더니 잠시 생각하신 다음, 백 엔이라는 돈은 그리 쉽게 만들 수 있는 액수가 아니라고……"

"형님이 할 만한 말이로군."

"아유, 좀 들어보세요. 아직 끝난 게 아니니까요. 그렇지만 남 일도 아니니 돈을 빌리기가 곤란하면 내가 보증인이 되어줄 테니 다른 사람한테 빌려도 괜찮다, 그렇게 말씀하셨어요."

"별난 일이로군."

"참, 끝까지 들어보시라니까요. 그래서 어쨌든 당사자인 당신과 찬찬히 이야기를 나눠보고 결정하기로 하고 돌아왔어요."

아내는 큰 공이라도 세운 듯이 목을 길게 빼면서 광대뼈가 나온 얼굴을 남편 가까이 들이밀고 바라본다. 아내의 눈초리가 말한다. 남편은 의지가 없다. 온종일 밤낮으로 책상 앞에 앉아 열심히 일은 하지만 아내와 자신을 안락하게 부양할 능력이 없다.

"그랬군."

도야는 이렇게 말할 뿐 아내의 수완에 대해 특별히 고마움을 표시하려고도 하지 않는다.

"'그랬군'으로는 좀 곤란해요. 내가 이 정도까지 진척시켰으니 이제 당신이 어떻게라도 해보세요. 당신이 방향키를 어떻게 잡느냐에 따라 제 노력도 쓸모가 있는지 없는지 결정될 테니까요."

"됐어. 그렇게 걱정할 필요 없어. 이제 한 달만 있으면 1, 2백의 돈이 들어올 거니까."

도야 선생은 대수롭지 않다는 듯 말했다.

고코 잡지의 편집으로 20엔, 영일사전의 편찬으로 15엔. 이것이 도야의 정해진 수입이다. 물론 이밖에도 하는 일은 많다. 신문에도 글을 쓰고 잡지에도 글을 쓴다. 매일 밤낮 붓을 놓은 적이 없을 정도였다. 그러나 돈이 되지는 않는다. 어쩌다 2, 3엔의 보수가 그의 주머니에 떨어질 때 그는 오히려 신기하게 생각할 뿐이다.

이처럼 물질적으로 아무런 보상이 따르지 않는 저술을 위해 수고를 아끼지 않는 이유는 그 속에 그의 생명이 있기 때문이다. 그의 기백이 방울방울 먹물로 변하여 한 글자, 한 획에 온 정신이 날듯이 움직이고 있다. 이런 글이 독자의 눈에 띄었을 때, 눈동자에선 한 줄기 전류를 불러일으키고, 전신의 골육이 순간적으로 떨려오기를 바라며 도야는 붓을 잡는다. 내 붓은 도를 싣는다. 도를 막는 대상이 신이라고 해도 용서하지 않겠다고 맹세하고 종이를 향한다. 진심은 손가락 끝에서 용솟음치고, 날카로운 붓 끝에 종이를 태워버릴 열정이 가득한 것 같은 기분으로 글을 써나간다. 백지가 인격이 되어, 그 바깥으로 넘쳐 흐르고 뛰어오르는 문장이 있다면 바로 도야의 문장이다. 그럼에도 세상은 변함없이 귀족, 거상, 박사, 학사의 세상이다. 부속품이 본체를 밟아 뭉개는 그런 세상이다. 도야의 문장은 세상에 발표되는 족족 묵살당한다. 아내는 돈이 되지 않는 문장을 도락(道樂) 문장이라고 말한다. 그리고 도락 문장을 쓰는 사람은 의지가 없는 사람이라고 말한다.

도야의 말을 들은 아내는 부젓가락을 잿더미 속에 꽂은 채, "지금이라도 그런 돈이 들어올 가망이 있어요?" 하고 신기하다는 듯 물었다.

"왜, 옛날보다 많이 낮아졌다고 말하고 싶은 거야? 하하하하."

도야 선생은 큰 소리로 웃었다. 아내는 독기를 빼고 어이가 없다는 듯 입을 벌린다.

"이제 다시 공부를 해볼까."

도야는 자리에서 일어선다. 그날 밤 그가 저술하던 인격론을 250페이지까지 썼다. 잠자리에 든 것은 2시가 넘어서였다.

4

"어디 가는 거야?"

나카노 군이 다카야나기 군을 불러세웠다. 동물원 앞이다. 굵은 벚나무 줄기가 거무스름한 색에서 은빛 가을 햇살을 반사하고, 나뭇가지 끝에서 떨어지는 병든 나뭇잎은 바람도 없는데 때때로 행인의 어깨를 스친다. 발밑 여기저기에는 나뭇가지에서 떨어진 낡은 잎들이 버스럭거리고 있다.

여러 가지 색깔이다. 선혈을 햇빛에 쪼여서, 7일 동안 매일 그 변화를 잎의 뒤쪽에 표시하여 한 장 안에 새긴다면, 이런 색이 되려나 하며 다카야나기 군은 아까부터 나뭇잎들을 바라보고 있었다. 피를 연상하고 있을 때 다카야나기 군은 겨드랑이 밑에서 무언가 차가운 것이 속옷으로 전해지는 기분이 들었다. 콜록 하고 헛기침을 한 번 한다.

형태도 여러 가지다. 불에 구운 찰떡의 모양은 천차만별이지만, 모두 뒤틀려 있다. 벚나무에서 떨어진 낙엽도 버스럭버스럭 하며 그저 뒤틀린 상태에서, 그렇게 뒤틀린 채로 부는 바람의 꼬임에 따라간다.

물기가 없는 것에는 미련도 집착도 없다. 표표히 자신의 장래를 불안한 바람에 의지하고도 태연한 것은, 죽은 뒤의 축제에서 공연한 소동에 들뜰 생각 때문일지도 모른다. 바람에 휩쓸리는 낙엽과 휩쓸려가는 대팻밥은 일종의 광기다. 그저 죽어가는 것들의 광기다. 다카야나기 군은 죽음과 광기를 자연계와 연결시키고는 마른 어깨를 추켜올리며 또 콜록 하고 헛기침을 한 번 했다.

다카야나기 군이 바로 이 순간 나카노 군에게 붙잡힌 것이다. 문득 정신을 차려보니 세상은 태평하다. 하늘은 맑았다. 아름다운 기모노를 입은 사람들이 잇따라 지나간다. 상대는 얇은 나사(羅紗)로 만든 외투로 멋지게 차려입었고 턱 밑에서는 진주 핀이 빛난다. 다카야나기 군은 이런 상대를 바라본 채 입을 굳게 닫고 있었다.

"어디 가는 거지?"

청년이 다시 묻는다.

"도서관에 갔다가 돌아가는 중이야."

상대가 가까스로 입을 연다.

"또 지리학 교수법인가? 하하하하. 풀 죽은 표정이로군. 무슨 일이라도 있는 거야?"

"요즘은 희극적인 면을 어딘가에 잃어버리고 말았네."

"또 신바시까지 찾으러 갔다가 심하게 냉대를 당하고 실망한 거 아닌가? 재미없군."

"신바시는커녕 세계 어디를 찾아다녀도 그게 떨어져 있을 것 같지도 않아. 이젠 그만두기로 했네."

"뭘?"

"뭐가 됐든 그만두겠네."

"만사 그뿐이다? 당분간은 그만두는 것도 좋겠지. 모든 걸 그만두고 나하고 같이 가면 되겠군."

"어디로?"

"오늘 자선음악회가 열리는데 어쩌다가 입장권 두 장을 사게 됐네. 같이 갈 사람이 마땅치 않았는데 마침 잘됐어. 자네가 같이 가지."

"필요하지도 않은 입장권 같은 걸 왜 사나? 쓸데없는 짓을 하는구면."

"뭐 의리상 어쩔 수 없었지. 아버지가 사셨는데, 아버지는 서양 음악 같은 건 모르시니까."

"그럼 다른 사람에게 보내주면 좋을 것을."

"실은 자네 집에 보내려고 생각했는데……"

"아니, 그곳에 말일세."

"그곳이라니? 음…… 그곳 말인가? 아니, 그곳은, 됐어. 거기서도 샀으니까."

다카야나기 군은 아무런 대답도 하지 않고 상대방을 똑바로 쳐다보고 있다. 나카노 군은 약간 미안한 듯한 미소를 지으며 오른손에 쥔 염소 가죽 장갑으로 외투의 가슴 부근을 찰싹찰싹 두드리기 시작한다.

"끼지도 않을 장갑을 손에 쥐고 다니는 건 뭐 때문인가?"

"뭐 이건 조금 전에 주머니에서 꺼낸 거야."

이렇게 말하면서 나카노 군은 바로 장갑을 뒷주머니에 넣는다. 다카야나기 군의 짜증은 그것으로 좀 잠잠해진 듯했다.

이때 뒤쪽에서 이랴 하는 소리와 함께 말발굽 소리가 바람을 일으키며 다가온다. 두 사람은 빠른 걸음으로 길가로 물러섰다. 검은색의 랜도 사륜마차 덮개를 따뜻한 가을 햇살이 비춘다. 마차 안에는 실크 모자가 하나, 아름다운 빨간색 양산이 하나였는데, 두 사람 앞을 지나갔다.

"저런 자들이 가는 거로군."

다카야나기 군이 턱으로 마차의 뒷모습을 가리킨다.

"저분은 도쿠가와(德川) 후작이야."

나카노 군이 가르쳐준다.

"잘 알고 있군. 자넨 저 사람의 가신(家臣)이라도 되는 모양이지?"

"가신은 무슨."

나카노 군이 진지하게 변명했다. 다카야나기 군은 마음속으로 쾌감을 느꼈다.

"어떤가? 가지 않겠나? 늦을 것 같군."

"늦으면 만날 수 없다는 건가?"

나카노 군의 얼굴이 좀 붉어졌다. 화가 난 것일까, 약점을 잡혔기 때문일까, 부끄러웠기 때문일까, 아는 건 다카야나기 군뿐이다.

"어쨌든 가지! 자넨 어디든지 사람들이 모이는 곳을 싫어하니까 외톨이가 되고 마는 거야."

공격을 하는 사람은 공격을 당하게 되어 있다. 이번에 맥을 못 추는 쪽은 다카야나기 군이다. 외톨이라는 말을 듣자 그는 귀가 조용히 울리며, 무척 쓸쓸한 기분이 들었다.

"싫은가? 싫다면 어쩔 수 없군. 난 실례하겠네."

상대는 동정하는 웃음을 띠며 반걸음쯤 발길을 돌렸다. 다카야나기 군이 다시 공격당한 것이다.

"가지!"

간단히 굴복한다. 그가 음악회에 가는 것은 태어나서 이번이 처음이다.

현관에 도착했을 때는, 접대 담당 직원이 오른쪽 왼쪽으로 안내하느라 몹시 바빠서 가슴에 단 푸른 리본을 잃어버릴 정도로 혼잡한 상태였다. 막다른 곳에서 오른쪽으로 꺾으면 상등석, 왼쪽으로 돌아가면 보통석이다. 하등석은 없는 듯하다. 나카노 군은 당연히 상등석이다. 다카야나기 군을 돌아다보면서 이쪽이야, 라고 익숙한 듯 말한다. 오늘만이라도 특별히 하등석을 만들어, 그곳에 자신만 들어가서 음악을 듣고 싶다고, 외톨이 청년은 나카노 군의 뒤를 따라 계단을 오르면서 생각했다. 자신의 오른쪽에서 올라가는 사람도, 왼쪽에서 올라가는 사람도, 혹은 그 뒤를 줄지어 오는 사람도 모두 자신과 다른 종의 동물로, 일부러 자신을 포위해서, 2층의 강당으로 밀어 올리고 뒤에서 물러나지 못하게 막은 채로 장난삼아 박수치며 웃으려는 책략처럼 생각되기도 했다. 뒤를 돌아다보니 아래쪽으로 짙푸른 서양식 머리 모양을 한 여성의 정수리가 보인다. 머릿기름으로 보기 좋게 일직선을 만들어 7 대 3으로 가른 두개골이 보인다. 이런 머리가 열이나 스물이나 겹쳐져 이미 다카야나기 슈사쿠는 한 발자국도 물러서지 못하고 위로 올라갈 수밖에 없었다.

음악당[1] 입구에 들어서자 안개에 취한 사람처럼 멍했다. 하늘을 가린 수풀 속을 빠져나와서 정상에 올랐을 때 생각지도 않게 눈 아래에 40, 50킬로미터의 경치가 펼쳐질 때의 기분이 이럴까? 연주하는 곳은 저 아래쪽 골짜기 밑에 있다. 가까이 가려면 다 올라온 정상에서 질서 정연하게 배열된 인간들 사이를 일직선으로 꿰듯이 내려가서, 자연스럽게 다가오는 양념절구의 바닥 가까이까지 가지 않으면 안 된다. 양

1 우에노에 있던 도쿄음악학교의 음악당을 말한다.

넘절구의 바닥은 반원형으로 구분해놓았고, 하늘을 향해 퍼져가는 안쪽 면에는 인간 울타리가 계단식으로 원을 그리고 있다. 일고여덟 단을 내려온 다카야나기 군은 만일을 위해 뒤돌아서 절구의 측면을 천장까지 올려다보다 눈이 어른거려서 잠깐 멈춰 섰다. "Excuse me(실례합니다)"라고 말하면서 커다란 외국인이 다카야나기 군을 덮치듯 하며 한 칸 아래로 빠져나갔다. 타조의 흰 털이 코앞에서 흔들리며 품격 있는 향내를 뿜는다. 그 뒤를 정수리가 벗겨진 덩치 큰 사내가 실크 모자를 소중한 듯이 안고 몸을 옆으로 해서 여자 뒤를 따라가면서 두 사람을 스쳐 지나친다.

"어이, 저기 의자가 두 개 비어 있군."

음악당에 익숙한 나카노 군이 계단을 옆으로 건너간다. 나란히 있던 사람들이 자리에서 일어나 두 사람을 지나가게 해준다. 자기 혼자였다면 아무도 자리에서 일어나는 일은 없었을 것이라고 다카야나기 군은 생각했다.

"사람들이 굉장히 많이 왔군."

의자에 앉으면서 나카노 군이 음악회장을 둘러본다. 이제야 상대의 복장을 알아차렸는지 갑자기 작은 소리로, "모자를 벗어야지" 하고 말한다.

다카야나기 군은 당황하여 모자를 들고 좌우를 잠깐 둘러봤다. 서너 사람의 눈길이 자신의 머리 위에 집중하는 것을 발견하고 역시 이건 포위 공격이군, 하고 생각했다. 과연 이 넓은 공연장에서 모자를 쓰고 있던 사람은 자신뿐이다.

"외투는 입고 있어도 괜찮은 거야?"

나카노 군에게 물어본다.

"외투는 상관없어. 그러나 너무 더우니 벗자고."

나카노 군이 잠시 자리에서 일어나 외투 깃 부근을 10센티미터쯤 획 젖히니 왼쪽 소매가 미끄러지듯 빠졌다. 오른쪽 소매를 뺄 때, 외투 깃 부근을 잡았다고 생각했는데 안쪽이 바깥쪽으로 뒤집히더니 외투는 어느새 접혀서 의자의 등을 덮었다. 새로 맞춘 프록코트를 벗자 최근 유행하는 흰 슬립이 조끼의 벌어진 곳을 따라 가는 선을 아름답게 드러내고 있었다. 다카야나기 군은 정말 좋은 솜씨라고 부러워하며 바라보고 있었다. 나카노 군은 어쩐 일인지 얼른 앉지 않는다. 의자 등받이를 한 손으로 짚고 선 상태에서 뒤쪽을 좌우로 두리번거리고 있다. 많은 사람들의 시선이 그에게 쏠렸다. 나카노 군은 태연하다. 다카야나기 군은 이 태연함에 다시 부러움을 느꼈다.

잠시 후에 나카노 군은 천 개 이상 진열된 얼굴 중에 마침내 자신이 찾는 대상을 발견한 것 같았다. 통통한 양볼에 애교를 섞어가며 몇 사람에게 가볍게 인사한다. 다카야나기 군은 뒤를 돌아다보지 않을 수 없었다. 친구의 인사가 과연 어디쯤에 가닿은 건지 궁금해 고개를 돌려 경사면의 세 번째쯤 위를 바라보니 곧 알아챌 수 있었다. 검은 머리카락 한가운데 샛노랗고 큰 리본이 번쩍이는 가운데 가늘게 굴곡을 이룬 목덜미를 이제 막 곧추세운 여자의 모습이 눈에 들어왔다. 다홍빛 눈매를 엷게 물들인 채로, 촉촉한 눈동자의 안쪽에서부터 세상을 꿈속으로 빨아들일 듯한 눈빛으로 나카노 군 쪽을 뚫어져라 보고 있다. 다카야나기 군은 아차, 싶었다.

자신이 지금 입고 있는 하카마는 고쿠라 산(産)[2]이다. 하오리[3]는 물

2 고쿠라(小倉)에서 생산되는 면직물로 만든 옷.
3 일본 옷 위에 걸치는 짧은 겉옷.

이 빠져서, 흐려진 빛깔에 때가 절어 햇살을 반사한다. 목욕을 한 건 5일 전 일이다. 셔츠를 빨지 않은 지도 오래됐다. 음악회와 자신은 도 저히 양립 불가능하다. 그렇다면 이 친구와 자신은? 역시 양립 불가 능하다. 친구의 세련된 모습과 저 마력이 느껴지는 눈동자의 소유자 와는 천리가 떨어져 있다고 해도 무선의 전기가 통하도록 만들어져 있다. 이 건물 안에서 곱고 아름다운 비단 향기를 맡고, 전통음악의 따스함을 흡수하여 만난 이상, 두 사람의 영혼은, 녹아 흘러서 울리는 거문고의 가는 줄 속에서도 만나지 않으면 안 된다. 연주회에는 수천 명이 모여들었고, 수천 명 모두는 쌍수를 들어가며 두 사람을 환영하 고 있다. 이들 수천의 사람들 모두는 다섯 손가락을 튕기며 나 한 사 람을 강하게 배척하고 있다. 다카야나기 군은 이런 자리에 오지 말았 어야 했다고 생각했다. 친구가 이런 마음을 알 턱이 없었다.

"벌써 시간이 다 됐어. 시작한다."

인쇄물의 곡명을 보면서 말한다.

"그래?"

다카야나기 군은 기계적으로 인쇄물에 눈길을 떨어뜨렸다.

1. 바이올린, 첼로, 피아노 합주다. 다카야나기 군은 첼로가 어떤 악 기인지 알지 못한다. 2. 소나타…… 베토벤의 작품이다. 곡명은 들은 적이 있다. 3. 아다지오…… 파질의 작품이다. 이것도 모른다. 4라고 읽었을 때 갑자기 박수 소리가 대들보를 흔들며 일었다. 연주자가 이 미 무대에 모습을 드러냈다.

마침내 3중주곡이 시작되었다. 음악회장은 마치 화석이 되었는지 조용하다. 오른쪽 창문 너머로 키가 큰 전나무가 반쯤 보이고, 그 뒤 는 아득한 하늘나라로 들어간다. 왼쪽의 푸른색 커튼에 비쳐든 맑은 가을 햇살이 경사진 흰 벽을 밝게 비춘다.

곡은 조용한 자연과 조용한 사람들 사이를 기분 좋게 나아간다. 나카노는 현란한 공기의 진동을 고막으로 듣고 있다. 소리에도 색깔이 있다고 기분 좋게 느끼고 있다. 다카야나기는 전나무 가지에서 날아오르는 솔개의 모습을 바라보고 있다. 솔개가 음악에 장단 맞추어 날고 있어 묘하다고 생각했다.

다시 박수 소리가 들린다. 다카야나기 군은 문득 깨달았다. 자신은 역시 다른 종류의 동물들 속에서 외톨이로 있었던 것이다. 옆을 바라보니 나카노 군은 열심히 손바닥을 두드리고 있다. 자신을 높고 높은 저 솔개의 하늘에서 갑갑한 계곡 밑으로 불러온 사람 중 한 명은, 자신을 강제로 이곳에 데려온 친구다.

연주회는 제2부로 접어든다. 천여 명의 호흡이 일시에 멈춘다. 다카야나기 군의 내면은 다시 풍요로워졌다. 창밖을 보니 솔개는 더 이상 날고 있지 않다. 눈을 돌려 천장을 바라본다. 둘레가 30센티미터는 되어 보이는 육각형으로 깎인 들보 3개가 음악당을 세로로 관통하고 있다. 뒤쪽은 어디까지 이어지는지 머리를 돌릴 수 없어서 알 수 없다. 들보 곳곳에 흘린 화초 무늬가 긴 덩굴과 함께 육각형을 감싸고 있다. 위를 올려다보고 있자니 넓은 사찰에라도 들어온 듯한 기분이 든다. 그리하여 노란 소리와 푸른 소리가 들보를 휘감은 당초(唐草)처럼 뒤엉켜 천장에서 밑으로 떨어지는 듯하다. 다카야나기 군은 무인지경에서 외톨이로 서 있다.

세 번째 박수 소리가 느닷없이 또 들려온다. 옆자리의 친구는 다른 사람들보다 더한층 요란하게 박수를 친다. 무인지경에 있던 외톨이가 갑자기 싸라기눈 같은 박수 속에 포위된 외톨이가 된다. 그 포위 상태는 좀처럼 풀리지 않는다. 연주자가 문을 열고 자신의 대기실로 들어서려는 순간 더한층 거세진다. 바이올린을 따뜻하게 보호하려는 듯 오른쪽 겨드랑이에 낀 연주자는 문 앞에서 몸을 획 돌려, 엷은 단풍잎 무늬가 점 찍힌 듯 박혀 있는 옷자락을 무대 위로 다시 옮겨온다. 미친 듯이 만발한 흰 국화 다발을 나부끼는 소매의 그림자로 받아서 나긋나긋한 상체를 청중 앞에 약간 구부릴 때, 다카야나기는 느꼈다. 이 여자의 음악을 들은 것은, 억지로 들은 것이 아니다. 들려주지 않으려 한 것을 몰래 훔쳐 들은 것이다.

연주는 청중들의 떠들썩한 갈채가 잠잠해지기 전에 다시 시작되었다. 청중의 갈채는 눈 깜짝할 사이에 모두 다시 멎어버린다. 다카야나기 군은 다시 자유로운 상태가 된다. 어딘지 넓은 평원에 혼자 서서, 아득한 저편에서 홍시 같은 색의 따뜻한 태양이 불쑥 솟아오르는 느낌이 들었다. 어린 시절에는 이런 기분을 느낀 적이 종종 있었다. 지금은 왜 이리 갑갑해진 걸까. 오른쪽을 보아도 왼쪽을 보아도 자신을 배척하는 것처럼 보인다. 유일한 친구마저 중요한 순간에 잔인하게도 손바닥을 짝짝 하고 두드렸다. 의지할 곳이 없으면 부모 곁으로 도망치라는 말이 있다. 그런 부모가 있었다면 처음부터 이렇게는 되지 않았을 것이다. 일곱 살 때 아버지는 어디론가 사라져 돌아오지 않았다. 그 뒤부터 친구들은 자신과 놀지 않았다. 어머니에게 물으니 아버지는 곧 돌아온다, 곧 돌아온다고 말했다. 어머니는 돌아오지 않을 아버지가 돌아온다고 속인 것이다. 그 어머니는 지금도 살아 있다. 오랫동안 산 낡은 집을 비우고 떠나, 태어난 마을에서 12킬로미터나 떨어진 산골짜기에서 홀로 적적하게 살아가고 있다. 학교를 졸업하면 멋지게 성공하여 도쿄에라도 모시는 것이 아들의 의무다. 도망쳐 돌아가면 어머니와 아들 모두 굶어 죽을 수밖에 없다. 갑자기 박수 소리가 온통 들끓었다.

"지금 들은 음악은 재미있군. 지금까지 들은 음악 중에 최고야. 대단히 감정을 잘 표현하는 연주자야. 어떤가, 자네는?"

나카노 군이 묻는다.

"음."

"자넨 재미있지 않은가?"

"글쎄."

"글쎄라니? 그런 말로는 좀 곤란해. 저기 서양 사람 옆에 있는, 섬세하게 염색된 기모노를 입은 여자 있지? 저런 모양이 요즘 유행하는 것이네. 화려하지?"

"그렇군."

"자넨 색채 감각이 없는 남자로군. 저런 화려한 기모노는 모임 같은 곳에 입고 가기에는 아주 좋은 옷이지. 멀리서 보아도 싫증이 나지 않아. 아름답고 좋아."

"자네의 그 여자도 같은 걸 입고 있군."

"어? 그랬나? 뭐, 그거야, 적당히 입은 거겠지."

"적당히 입은 거라고 하면 변명이 되는 건가?"

나카노 군은 잠시 대화를 멈추었다. 왼쪽 방향에 코안경을 걸치고 귀밑털을 귀 위쪽까지 사정없이 면도한 사내가 수첩을 꺼내 무엇인가를 열심히 적고 있다.

"이야, 음악 비평이라도 하는 남자일까?"

이번에는 다카야나기 군이 물었다.

"어디? 저분 말인가? 저 검은 옷을 입은 사람? 저분은 화공이야. 항상 오는 남자지. 올 때마다 사생첩을 가져와서 사람들의 얼굴을 그리지."

"사람들의 허락도 받지 않고?"

"아마 그렇겠지."

"도둑이로군. 얼굴 도둑."

나카노 군은 조그만 목소리로 큭큭 하고 웃었다. 휴식시간은 10분이다. 복도로 나가는 사람, 담배를 피우러 가는 사람, 볼일을 보고 자리로 돌아가는 사람이 다카야나기 군의 눈에 비친다. 여자들은 어렸을 때 보았던, 도요쿠니(豊國)의 『이나카겐지(田舎源氏)』[4]를 한 장 한 장 넘길 때의 기분이다. 사내들은 요시토시(芳年)[5]가 그린 습격 당일 밤의 의사(義士)가 움직이는 모습과 비슷하다. 다만 자신이 그들의 눈에 어떻게 비칠까를 생각하면 한시라도 빨리 돌아가고 싶었다. 자신의 전후좌우는 움직이고 있다. 아름답게 움직이고 있다. 그러나 먹고 입기 위해 움직이고 있는 것은 아니다. 오락을 위해 움직이고 있다. 나비가 꽃을 희롱하듯이, 부초가 잔물결에 나부끼듯이 실용적인 것 이상으로 움직이고 있다. 음악당을 찾는 사람은 실용 이상으로 여유 있는 사람이 아니면 안 된다.

자신의 움직임은 먹는가 먹히는가의 움직임이다. 따뜻한 봄날의 작용이 아닌 냉기 있는 가을의 운행이다. 엄숙한 천명으로 무조건 생을 누려야 하는 죄업을 보상하기 위해서 움직이는 것이다. 결론부터 말하자면, 나비처럼 저렇게 팔랑팔랑한 대중의 누군가를 붙잡아다 비교

4 에도 시대 후기에 만들어진 류테이 다네히코(柳亭種彦)의 작품을 말한다. 도요쿠니의 삽화로도 유명하다. 이 작품에 다양한 인물이 등장하기 때문에 이런 표현을 한 듯하다.

5 쓰키오카 요시토시(月岡芳年, 1839~1892). 막부 말기부터 메이지 초기까지 활약한 풍속화가.

한다 해도, 조금도 부끄럽다고는 생각하지 않는다. 말하고 싶은 것, 말하면 사람들이 수긍하는 것, 말하면 사람들이 존중할 만한 것이 없기 때문에 말을 하지 않는 것은 아니다. 생활의 경쟁에 모든 시간을 바치느라 말할 기회를 얻지 못했기 때문이다. 내가 말을 하고 싶은데 말을 하지 않는 것은, 세상이 듣고 싶어 하지만 들려주지 못하는 이유는 하늘이 내 손을 속박하고 있기 때문이다. 사람들이 내 입을 막기 때문이다. 막대한 부를 내게 주고 그걸 한 푼도 쓰지 말라고 명령하면, 돈이 없었던 과거의 마음 편한 상태로 돌아가는 것은 불가능해서, 명령을 내린 사람을 도리어 저주한다. 나는 저주 속에서 죽어야만 할까? 곧 목구멍이 막혀 콜록콜록 기침을 한다. 소맷자락에서 손수건을 꺼내 가래를 닦아낸다. 처음 샀을 때는 흰색이었지만, 묘하게 갈색으로 바뀌었다. 얼굴을 드니 어깨에 지노처럼 가는 금줄을 걸고, 주홍빛에 황색을 섞은 두꺼운 천 오비[6] 사이에 시계를 감춘 여자가 행렬에서 비켜서서 나카노 군에게 인사를 한다.

"어, 오셨군요?"

귀여운 쌍꺼풀이 진 눈매를 가늘게 하며 말한다.

"이거 정말 성대한 모임이군요. 후유다(冬田) 씨는 정말 훌륭했습니다."

나카노 군은 몸을 여자 쪽으로 향하며 말했다.

"네, 정말 기뻤어요."

이렇게 말하면서 아래쪽으로 내려간다.

"저 여자를 알고 있나?"

"알게 뭔가?"

6 기모노를 입을 때 허리 부분을 감고 조여 묶는 좁고 긴 천.

다카야나기 군은 매정하게 핀잔을 준다.

상대는 놀라 입을 다물어버린다. 그때 휴식 후의 연주가 시작된다. 〈네 잎 클로버〉라나 뭐라나 하는 곡이다. 곡이 연주되는 동안 다카야나기 군은 꾸벅꾸벅 졸면서 듣고 있다. 짝짝짝 하고 박수가 울리면 열병에 걸린 사람이 꿈에서 깨듯이 제정신으로 돌아온다. 이런 과정을 두세 번 되풀이하다가 마지막 환각에서 제정신을 차렸을 때는 〈탄호이저〉[7]의 행진곡에서 심벌즈를 울리고 커다란 나팔을 부는 대목이었다.

드디어 천여 명의 그림자가 한꺼번에 움직이기 시작했다. 두 청년은 이리저리 밀리며 문을 나섰다.

날은 마침내 저물었다. 도서관 옆에 늘어선 소나무 숲이 녹색을 희미하게 남겨놓고 점점 검은 그림자로 변해간다.

"추워졌군."

다카야나기 군의 대답은 힘이 빠진 기침 두 번이었다.

"자네 아까부터 기침을 하더군. 아주 묘한 기침이야. 의사에게라도 가보는 것이 어떤가?"

"뭘, 괜찮아."

다카야나기 군은 이렇게 말하며 마른 어깨를 두세 번 들썩인다. 소나무 숲을 가로질러서 박물관 앞으로 나온다. 커다란 은행나무에 먹물을 뿌린 듯이 까마귀가 점점이 어지럽게 흩어져 있다. 저물어가는 하늘에서 반짝이는 것은 무수한 낙엽이다. 이제 바람도 불어온다.

"2, 3일 전에 시라이 도야라는 사람이 찾아왔었네."

---

7 독일 작곡가 W. R. 바그너의 오페라. 정식 제목은 〈탄호이저와 바르트부르크의 노래시합〉이며 '3막으로 된 낭만적 오페라'라는 부제가 달렸다.

"도야 선생?"

"아마 그럴 거야. 그런 이름은 흔치 않으니까."

"물어보았나?"

"물어보려다가, 왠지 겸연쩍어서 그만두었네."

"왜?"

"그게, 당신은 중학교에서 학생들에게 쫓겨난 적이 있습니까, 라고 물을 수야 없지 않은가?"

"굳이 쫓겨났냐고 묻지 않아도 되잖아."

"그러나 쉽게 뭘 물을 수 있는 인물은 아니더군. 참으로 난감한 사람이었어. 용건 말고는 일절 말하지 않는 사람이야."

"그렇게 변했을지도 모르지. 애당초 무슨 일로 자네 집에 찾아온 거지?"

"뭐라더라, 고코 잡지의 기자라던가? 내가 말하는 내용을 좀 받아 적고 싶다고……"

"자네 말을? 세상도 참 묘하게 돌아가는군. 역시 돈이 승리하는군."

"왜?"

"왜라니? 가엾게도 그 정도로 몰락했군. 도야 선생은 어떤 옷을 입고 있던가?"

"글쎄, 그다지 멋진 복장은 아니더군."

"멋진 옷이 아니라면 어느 정도의 옷을 입었던가?"

"뭐랄까? 어느 정도라고 말하기도 좀 어렵지만, 뭐 자네 정도겠지."

"뭐 이 정도? 이 하오리 정도?"

"하오리는 좀 색깔이 괜찮더군."

"하카마는?"

"하카마는 무명은 아니었지만 그 대신 아주 심하게 주름이 져 엉망 진창이더군."

"요컨대 나와 막상막하인가?"

"요컨대 자네와 막상막하야."

"그렇군. 이봐, 키가 크고 호리호리한 분이야."

"키가 크고, 얼굴이 홀쭉하고 긴 사람이지."

"그럼 도야 선생이 분명해. 세상은 참으로 무자비하군. 그분 주소를 알고 있겠지?"

"주소는 물어보지 않았네."

"물어보지 않았다고?"

"응. 그렇지만 고코 잡지에 물어보면 금방 알 수 있겠지. 다른 잡지 나 신문에도 관여하고 있을지 모를 일이네. 어딘가에서 시라이 도야 라는 이름을 본 적이 있는 것 같아."

음악회에서 돌아가는 마차와 인력거는 아까부터 끊이지 않고 두 사 람을 뒤에서부터 추월해 황혼 속에서 귀가를 서둘렀다. 활기차게 달 려온 두 대의 인력거가 또 추월하는가 싶더니, 대불(大佛) 앞에서 옆 으로 꺾여져 서양 식당 안으로 소리를 지르며 들어갔다. 해 질 무렵의 흰 안개 속으로 스며드는 저녁 어스름을 밀어낼 정도로 눈에 띄는 옷 을 입은 여자는 사연 있는 여자임에 틀림없다. 나카노 군이 우뚝 멈춰 선다.

"난 여기서 실례하겠네. 약속이 있어서."

"서양 식당에서 식사한다는 약속?"

"그래, 뭐. 그런 거지. 자아 그럼 실례."

이렇게 말하고 나카노 군은 저편으로 걸어간다. 다카야나기 군은 길 한복판에 외톨이로 남겨졌다.

쓸쓸한 세상 속을, 연못가로 내려간다. 그때 외톨이 슈사쿠는 이런 생각을 했다.

'연애할 시간이 있으면 이 내 고통을 한 편의 창작물로 바꿔 천하에 전할 수 있을 텐데.'

올려다보니 서양 식당 2층에 아름다운 환화등[8]이 켜져 있었다.

8 메이지 시대에 광고용으로 널리 사용되었다. 가스불을 이용해 불꽃으로 꽃 모양을 만들었다.

5

밀크 홀[1]로 들어간다. 아래위에 간유리를 달고 가운데에 투명한 유리 한 장을 끼운 미닫이문 가까이에 자리를 잡고 외발의자에 앉는다. 구운 빵을 씹고 우유를 마신다. 주머니에는 20엔 50전이 있다. 조금 전에 지리학 교수법의 원고 41페이지 분량을 건네주고 돈을 받아온 참이다. 한 페이지에 50전꼴이다. 1페이지에 50전을 넘으면 안 되고 한 달에 50페이지를 넘으면 안 된다는 말을 듣고 왔다.

이것으로 이번 달은 그럭저럭 연명이 가능하다. 외부에서 들어오는 10엔 정도는 고향의 어머니에게 보내지 않으면 안 된다. 고향은 이미 은어의 계절이다. 어쩌면 무너지려고 하는 초가지붕에 서리가 내렸을지도 모른다. 닭이 국화의 밑동을 쪼아 먹고 있을 것이다. 어머니는 잘 계실까?

맞은편 탁자를 점령하고 있는 학생 둘이 서양 과자를 먹으면서 단고자카(団子坂)의 국화 인형[2] 수입에 대해 큰 소리로 논쟁을 벌이고

---

1 우유나 빵을 파는 간이음식점.

있다. 그 왼쪽에는 귤을 까서 즙을 내 우유 속에 똑똑 떨어뜨리고 있는 서생이 있다. 귤 하나 짜고는 《문예구락부(文藝具樂部)》의 게이샤 사진을 한 장 넘기고, 귤 하나 짜고는 또 한 장 넘긴다. 게이샤의 사진이 끝나는 부분에서 그는 숟가락으로 컵 안을 저으며 묘한 표정을 짓고 있다. 산성이 우유를 굳게 만든 것에 놀라고 있을 것이다.

다카야나기 군은 그곳에 쌓여 있는 신문 아래쪽에서 잡지를 빼내 이것저것 본다. 찾고 있던 고코 잡지는 《아사히 신문》 밑에 접혀 있었다. 접혀 있기는 했지만 아직 새것이다. 4, 5일 전에 막 나온 잡지이기 때문이다. 접힌 부분은 6호 활자[4]였는데, 웬일인지 붉은 색연필로 한 면 전체에 점이 찍혀 있다. '나의 연애관'이라는 제목 아래 나카노 슌타이(中野春台)라는 이름이 있다. 슌타이는 물론 기이치(輝一)의 호(号)다. 다카야나기 군은 먹고 있던 구운 빵을 접시 위에 올려놓은 채 '나의 연애관'을 읽다가 히죽 웃고 말았다. 마지막 부분에 같은 색연필로 '색정광(色情狂)!!!'이라고 쓰여 있었던 것이다. 다카야나기 군은 페이지를 넘겼다. 6호 활자는 상당히 길게 이어진다. 무엇보다도 다양한 사람들의 이름이 나와 있다. 첫 부분에는 현대 청년의 번민에 대한 여러 전문가의 해법이 나와 있다. 다카야나기 군은 갑자기 읽고 싶은 기분이 들었다.

첫째는, 차분히 마음의 수양을 쌓으라는 주의였다. 쌓으라니, 어떻

2 단고자카에서 매년 가을에 열렸던 인형 전시회. 메이지 초기 일본에서 굉장히 유명한 행사였다. 이를 다룬 소설도 많은데 그중 후타바테이 시메이(二葉亭四迷)의 『부운(浮雲)』이 대표적이다.

3 하쿠분칸(博文館)에서 발행되던 문예 잡지. 메이지 28년(1895) 1월 창간된 이 잡지에는 게이샤의 사진이 종종 실리곤 했다.

4 은어로, 간단한 비평문, 비방문, 폭로문을 총칭한다. 이런 종류의 글이 대부분 6호 활자로 인쇄되었기 때문이다.

게 쌓으라는 건지는 전혀 알 수 없다. 둘째는, 운동을 한 다음 냉수마찰을 하라고 말한다. 간단한 것이다. 셋째는, 독서도 하지 않고 세상도 모르는 청년이 번민하는 법은 없다고 논하고 있다. 없다고 말하지만 있다면 어쩔 수 없다. 넷째는, 휴가 때마다 반드시 여행을 하라고 권고하고 있다. 그러나 여행 경비의 출처는 명기하지 않았다. 다카야나기 군은 짜증이 나서 더 이상 읽을 수가 없었다. 재빨리 1페이지로 돌아가니 '해탈과 구애(拘碍)…… 유세이시(憂世子)'[5]라는 제목이 보인다. 제목이 재미있어서 읽어본다.

몸의 어딘가에 이상이 있으면 신경이 쓰인다. 무슨 일을 하든지 이게 마음에 부담이 된다. 그렇지만 매우 건강한 사람은 평소에 자기 신체의 존재를 잊고 지낸다. 한 점 국부까지도 자신의 신경을 집중해야 할 아픈 곳이 없기 때문에 그렇게 편안하고 여유가 있는 것이다. 마르고 얼굴이 창백한 사람에게 당신은 위가 좋지 않군요, 라고 물어본 적이 있다. 그러자 그 남자는 나는 위가 아픈 적이 한 번도 없다, 그 증거로 나는 이 나이가 되도록 지금까지 위가 어디 붙었는지 알지 못한다고 대답했다. 그 당시는 그냥 웃고 지나쳤지만 나중에 생각해보니 이 말에는 큰 깨달음이 들어 있었다. 그 남자는 위가 매우 건강했기 때문에 위에 구애받을 필요가 없었다. 그럴 필요가 없었기 때문에 위가 어디에 붙어 있어도 상관없는 것으로 보였다. 자유롭게 마시고 자유롭게 먹어도, 아주 태연하다. 그 남자는 위를 통해 깨달음을 얻은 사람처럼 보였다.

다카야나기 군은 이거 좀 묘하군 하고 속으로 중얼거렸다. 위의 깨

5 이 글의 골자는 소세키가 『단편(斷片)』에서 주장한 내용과 거의 같다.

달음이라, 묘하군 하고 말했다.

위(胃)에 관해 할 수 있는 말이라면 몸 전체에 관해서도 할 수 있다. 몸 전체에 관해 할 수 있는 말이라면 정신에 관해서도 할 수 있다. 다만 정신 생활에서는, 득실의 양면에서 똑같이 벗어날 수 없다는 점이 몸보다 번거로워진다.

한 가지 재주(能)를 갖고 있는 사람은 한 가지 재주에 구애를 받고, 한 가지 예술적 재능(藝)을 지닌 사람은 한 가지 예술적 재능에 구애를 받아 스스로를 괴롭힌다. 예능(藝能)은 마음먹기에 따라서 금방 잊는 것도 가능하다. 자신의 결점에 관해서는 쉽게 해탈하기란 불가능하다.

1백 엔이나 2백 엔이나 하는 오비를 두른 여인이 음악회에 갔다고 하면 이 오비가 신경 쓰여서 음악이 귀에 들어오지 않는 경우가 있다. 이건 오비에 구애를 받기 때문이다. 그러나 이는 자만의 예다. 자만하여 우쭐거리는 쪽은 앞서 말한 대로 뒤탈을 피하기 쉽다. 그러나 남에게 면목이 없는 쪽은 꽤 끈질기게 화근이 된다. 옛날 어떤 곳에서 한 손님에게 소개되었을 때 서로 의자 앞부분에서 예의를 갖추어 양쪽 모두 머리를 숙였다. 숙이면서 상대방의 발을 보니 그 사내의 양말 한쪽이 구멍이 나서 엄지발톱이 나와 있었다. 이쪽에서 머리를 숙이는 것과 동시에 그는 온전한 발을 들어 구멍 난 양말 위에 얹었다. 이 사람은 양말에 난 구멍에 구애를 받고 있었던 것이다. (……)

나 역시 구애를 받고 있다. 다카야나기 군은 자신의 몸은 구멍투성이라고 생각하면서 계속 읽어나간다.

구애받는 것은 고통이다. 피하지 않으면 안 된다. 고통 그 자체는 피하기 어려운 세상이다. 그러나 구애받는 것의 고통은 하루에 끝날 고통을 5일, 7일로 연장하는 고통이다. 불필요한 고통이다. 피하지 않으면 안 된다.

자신이 구애를 받는 것은 타인이 자신에게 주의를 집중한다고 생각하기 때문으로, 즉 타인에게 구애받기 때문이다. (……)

다카야나기 군은 음악회의 일을 떠올렸다.

따라서 구애받는 것에서 해탈하는 데는 두 가지 방법이 있다. 다른 사람들이 아무리 구애받는다고 해도 자신은 구애받지 않는 것이 한 가지 해결책이다. 사람들이 곁눈질하고 귀를 쫑긋해도, 냉정하게 평가해도, 심하게 욕해도 자신만은 구애받지 않고 척척 일을 해나가는 것이다. 오쿠보 히코자에몬⁶은 대야를 타고 성(城)에 들어간 적이 있다.

다카야나기 군은 히코자에몬이 부러워졌다.

마부에게 훌륭한 의상을 입히면 마부는 바로 구애를 받고 만다. 귀족이나 다이묘(大名)는 이 점에서 해탈 방법을 알고 있다. 귀족이나 다이묘에게 마부의 작업복을 입게 하면 바로 구애를 받고 만다. 석가나 공자는 이점에서 해탈의 소양을 지니고 있다. 물질계에 무게를 두지 않는 사람은

---

6 오쿠보 히코자에몬(大久保彦左衛門, 1560~1639). 도쿠가와 이에야스의 가신으로 16세부터 이에야스를 섬겼다. 형을 따라 출전하여 종종 공을 세웠지만 좀처럼 상을 받지 못했다. 고참 가신으로서 쇼군에게 종종 직언했기 때문에 '천하의 존의(尊意) 파수꾼'이라고도 불렸다.

물질계에 구애받을 필요가 없기 때문이다. (……)

다카야나기 군은 식은 우유를 쭉 들이켜고, 으음 하고 말했다.

제2의 해탈 방법은 보통 사람의 해탈법이다. 보통 사람의 해탈 방법은 구애받는 것에서 벗어나는 것이 아니다. 구애받지 않으면 안 되는 괴로운 지위에 자신을 놓아두는 것을 피하는 것이다. 사람들의 눈과 귀를 끌어 고통이 생겨나지 않도록 처음부터 주의하는 것이다. 따라서 처음부터 세속에 아첨하고 일세에 동조할 마음이 없으면 성공할 수 없다. 에도 시대의 초닌(町人)[7]은 이 해탈 방법을 터득하고 있었다. 게이샤를 비롯해 그 손님들 또한 이 해탈 방법을 터득하고 있었다. 서양의 이른바 젠틀맨은 이 방법을 가장 잘 터득하고 있는 사람이다……

게이샤와 젠틀맨이 하나로 묶여진 게 재미있다며 청년은 또 구운 빵 한쪽을 반원형으로 베어 먹었다. 엄지손가락에 묻은 버터를 그대로 하카마 무릎에 문질렀다.

게이샤, 젠틀맨, 세상 물정에 밝은 사람이 예수, 공자, 석가를 보면 모두 광인이다. 예수, 공자, 부처가 게이샤, 젠틀맨, 세상 물정에 밝은 사람을 보면 이들은 여전히 구애받고 있다. 구애를 받으면서 구애받는 것에서 벗어날 수 있다고 의기양양해하는 것이다. 양자의 해탈은 근본적인 의미에서 일치 불가능한 것이다……

7 에도 시대 도시의 상인과 장인 계층.

다카야나기 군은 지금까지 해탈 두 글자에 관해 생각해본 적이 없었다. 그저 문학계에 몸을 두고, 어떤 사람이 되고 싶다, 되고 싶지만 될 수 없다, 될 수 없는 게 아니다, 돈이 없다, 시간이 없다, 세상 사람들이 합세해서 자신을 괴롭힌다, 분하고 억울하다고만 생각하고 있었다. 그러자 다음 대목이 읽고 싶어졌다.

해탈은 방편에 불과하다. 흘러가는 세상에 서서 자신의 진실을 관철하고 자신의 선(善)을 표방하고 자신의 미를 제창할 때, 타니대수(拖泥帶水)[8]의 폐단에서 벗어나 용맹하게 정진하는 뜻을 견고히 해서 불도를 닦을 능력이 못 되는 현대의 중생으로부터 받을 박해와 고통을 떨쳐버리기 위한 방편이다. 이 방편을 체득할 수 없을 때, 산천의 정기를 타고난 재주와 지혜가 뛰어난 청년 또한 결국에는 마귀와 짐승의 삶으로 전락하여 이른바 게이샤, 젠틀맨, 세상 물정에 밝은 사람과 득실을 비교하는 어리석음을 거리낌 없이 저지르게 된다. 국가를 위해 애통해할 일이다.

해탈은 방편이다. 이러한 방편의 문을 통해 출중해지는 행위, 동작, 말의 시비(是非)는 해탈과 관계가 있는 것은 아니다. 따라서 우리는 해탈을 터득하기 전에 정곡을 찌르는 취미를 양성하지 않으면 안 된다. 저열한 취미를 아무런 구애 없이 일생을 두고 즐기는 것은 배운 사람의 치욕이다. 그들이 귀중한 10년, 20년 동안 서재에 틀어박혀 꾸준히 노력하는 것은 의식(衣食)을 위한 것이 아니다, 명성을 위한 것도 아니다, 또는 높은 작위나 금전을 노려서도 아니다. 희미한 먹물 자국에서 광명의 횃불 하나를 얻어 그것을 도화선으로 해탈의 방편문(方便門)을 통해 암흑세계를 두루 비추기 위함이다.

8 진흙탕을 뒤집어쓰는 것.

이런 까닭에 참된 자가체득법의 견해를 가진 사람을 위해서, 구애의 번민을 몰아내서 가능한 한 그들로 하여금 제일종(第一種)의 해탈에 다가가게 하는 것을 도덕이라고 말한다. 도덕이란 정도에 맞는 도를 가진 선비로 하여금 도를 행하도록 하기 위해서, 우리가 이에 대해 부여하는 자유의 다른 이름이다. 이 대도덕(大道德)을 이해하지 못하는 자를 속인이라고 한다.

세상의 대다수는 속인이다. 자신의 지위에 집착하기에 이 대도덕을 이해하지 못한다. 자신의 부귀에 집착하기에 이 대도덕을 이해하지 못한다. 타락한 사람은 자신의 술과 여자에게 집착하기에 이 대도덕을 이해하지 못한다.

광명은 취미의 선구다. 취미는 사회의 윤활유다. 윤활유가 없는 사회는 성립될 수 없다. 더럽혀진 윤활유로 돌아가는 사회는 타락한다. 그 젠틀맨, 세상 물정에 밝은 사람, 게이샤 무리는 더럽혀진 윤활유에 미끄러져 무덤으로 들어가는 사람들이다. 귀족이라 불리는 귀현(貴顯),[9] 호상(豪商)이라고 불리는 사람들은 모두 문벌의 윤활유, 권세의 윤활유, 금전의 윤활유를 써서 한 시대를 도리에 어긋나도록 돌리려는 자들이다.

그들이 진정한 윤활유를 알 턱이 없다. 그들은 태어나서 윤활유에 관해 그 어떤 궁리도 해본 적이 없다. 어떤 궁리도 해본 적이 없는 자가, 이 대도덕을 이해하지 못하는 것은 인정할 수 있다. 하지만 광명의 영역에 있는 학생들을 압박하는 것은 속인의 영역을 넘어 죄인의 무리에 들어가는 것이다.

샤미센[10]을 배우는 데도 5, 6년은 걸린다. 연주가 능란한지 서툰지 제대로 듣는 것만도 한 달 수업으로도 부족하다. 취미를 기르는 것이 샤미

9 지체가 높아지고 이름이 나는 것, 또는 그런 사람을 말함.

센 연습보다 쉽다고 생각하는 건 잘못이다. 다도(茶道)를 배우는 사람들은 필요 없는 의식에 귀중한 시간을 허비하며 일일이 스승이 말하는 대로 행동한다. 취미는 다도보다 어려운 것이다. 다도의 스승에게 머리를 숙일 겸양의 미덕이 있다면 취미의 본가라 할 수 있는 학자의 생각은 더더욱 경청하지 않으면 안 된다.

취미는 인간에게 중요한 것이다.[11] 악기를 망가뜨리는 사람은 사회로부터 음악을 빼앗는다는 점에서 죄인이다. 책을 불사르는 사람은 사회로부터 학문을 빼앗는다는 점에서 죄인이다. 취미를 붕괴시키는 사람은 사회 그 자체를 뒤집어엎는 점에서 형법의 죄인보다 더 심한 죄인이다. 음악이 없어도 우리는 살아갈 수 있다. 학문이 없어도 우리는 살아갈 수 있다. 취미가 없어도 살아갈 수 있을지도 모를 일이다. 그러나 취미는 생활 전체에 걸친 사회의 근본적인 요소다. 이것 없이 살아가려는 것은 들판에 들어가 호랑이와 함께 사는 것과 다를 바가 없다.

여기 한 사람이 있다. 이 사람이 단지 자기들 생각대로 되지 않는다고 해서 많은 사람들이 아침저녁으로 이 사람을 부추겨서 몇 년 뒤에 이 사람의 인격을 타락시키고, 야비한 취미로 유혹한다면 그들은 살인보다도 무거운 죄를 범한 것이다. 사람을 살해하면 살해당한다. 살해당한 사람은 사회에서 사라진다. 후환은 남기지 않는다. 취미가 타락한 사람은 여전히 존재한다. 현존하는 이상 타락한 취미를 다른 사람에게 전염시키지 않을 수 없다. 그는 페스트다. 페스트를 제조한 사람은 물론 죄인이다.

취미의 세계에 페스트를 제조하여 벌을 받지 않는 것은 사람을 살해하

---

10 일본의 대표적인 현악기로 산겐(三絃)이라고도 한다. 네 개의 상자를 합친 통에 긴 지판(指板)을 달고 그 위에 비단실로 꼰 세 줄을 연결한 악기다.

11 소세키는 『단편(斷片)』의 「취미론」 등에서, 여유의 자세라고도 말한 '취미'에 대해서 여러 차례 논한 바 있다.

고 벌을 받지 않는 것과 마찬가지다. 지위가 높은 사람은 이런 죄를 범하기가 가장 쉽다. 그들은 자신들의 사회적 지위 때문에 다른 사람들에게 손을 쓰기 편리한 위치에 서 있다. 다른 사람들에게 손을 쓰기 편리한 위치에 서 있으면서 손을 쓰는 방법을 알지 못하는 사람은 위험하다.

그들은 취미에 대해서 전문 학생들에 미치지 못한다. 그럼에도 학생 이상으로 다른 사람들에게 손을 쓸 능력을 갖고 있다. 능력은 권리가 아니다. 그들 중의 어떤 사람은 이 구별조차 이해하지 못한다. 그들에게 취미를 교육하기 위해 이 세상에 출현한 문학자를 붙들어놓고 오히려 도리에 어긋나게 호도한다. 그들은 단순하게 대도덕을 잊은 것만이 아니라, 대부도덕을 범하고도 태연하게 계속 활개치고 있는 것이다.

그들의 뜻처럼 된 학생이 있다면 자신의 직분을 자각하지 못한 학생이다. 그들을 교육하지 못하는 학생이 있다면, 겁쟁이라 불려 마땅한 학생이다. 학생은 광명을 명심해서 지켜야 할 의무가 있다. 광명에서 흘러나오는 취미를 현실에서 이루어야 한다. 그러나 이것을 현실에서 이루기 위해서는 구애받지 말아야 한다. 구애받지 않으려면 해탈을 이루어야 한다.

다카야나기 군은 잡지를 펼쳐든 채로 망연히 눈을 들었다. 정면 기둥에 걸린 팔각형 시계가 1시를 친다. 기둥 아래 의자에 앉아 있던 소녀가 시계 소리와 함께 자리에서 일어났다. 둥근 테이블 위에는 교토에서 구운 값싼 도자기 화기(花器)에 꼴사납게 수선화가 꽂혀 있는데, 잎 끝이 노래진 것을 보니 언제까지고 이런 상태로 물을 주지 않을 모양이다. 소녀는 수선화를 잠시 만지더니, 화기 옆에 놓인 신문을 집어들었다. 신문을 읽을 것이라고 생각했는데 사각형으로 접어 옆에 놓는다. 소녀는 특별한 일도 없는데 자리에서 일어선 것이다. 따분한 나머지 댕 하는 소리를 듣고 기계적으로 자리에서 일어난 것이었다. 다카야나기 군은 소녀가 부러웠다.

국화 인형 수입에 관한 이야기는 이제 일단락이 된 듯 두 학생은 담배를 피우며 지나가는 사람들을 지켜보고 있다.

"어이! 도미다(富田)가 지나가고 있군."

한 사람이 이렇게 말한다.

"어디?"

다른 사람이 묻는다. 도미다 군은 10센티미터쯤 열린 유리문 사이를 슬쩍 지나간 것이다.

"저놈은 아주 잘 먹는 놈이지."

"잘 먹지, 잘 먹어."

이렇게 대답하는 것을 보니 어지간히 먹성이 좋을 것처럼 보인다.

"인간은 먹는 만큼 살이 찌지는 않아. 저놈은 그 정도로 먹는데 전혀 살이 찌지 않았어."

"책을 많이 읽는데 전혀 우수해지지 않는 것과 같은 이치로군."

"그렇지. 피차 공부는 하지 않는 편이 좋아."

"하하하. 그런 뜻으로 한 말이 아니네."

"난 그런 뜻으로 했네."

"도미다는 살은 찌지 않았지만 굉장히 민첩하더군. 역시 많이 먹은 덕인가?"

"민첩할 일이라도 있었나?"

"그랬지. 지난번에 4초메를 지나는데 누가 뒤에서 갑자기 부르길래 돌아다보니 도미다였네. 머리를 반쯤 깎은 상태로 커다란 헝겊 보자기 같은 걸 어깨에 둘러썼더군."

"무슨 일을 하고 있었을까?"

"이발소에서 달려온 거야."

"왜?"

"머리를 깎고 있는데 내 모습이 거울에 비쳐서 뛰어나왔다고 하더군."

"하하하. 그놈 참 놀랍군."

"나 역시 놀랐네. 그러더니 쇼시카이(尚志會)[12]의 기부금을 반강제로 받아내더니 다시 이발소로 들어가더군."

"하하하. 역시 민첩한 놈이군. 그럼 앞으로는 서로 될 수 있는 한 먹기로 하자고. 민첩해지지 않으면 졸업하고 나서 곤란할 테니까."

"그렇지. 문학사처럼 20엔 정도로 하숙집에서 숨죽이고 있다면 인간으로 태어난 보람이 없을 테니까."

다카야나기 군은 계산을 하고 자리에서 일어났다. 고맙습니다, 라는 하녀의 목소리에 《문예구락부》 위에 엎드려 있던 학생이 붉은 눈매로 다카야나기 군을 본다. 우유 속에 들어 있는 산(酸)에 중독이라도 된 것처럼……

---

12 서로 같은 뜻을 갖고 있는 사람들의 모임을 말한다. 고등학교 졸업 후의 모임에 이런 이름이 붙는 것이 일반적인데, 우리의 동창회에 해당된다.

6

"전 다카야나기 슈사쿠라는 사람으로……"라고 정중하게 머리를 숙인다. 지금까지 다카야나기 군이 누군가에게 정중하게 머리를 숙인 적은 제법 여러 차례 있었다. 그러나 이번처럼 기분 좋게 머리를 숙인 적은 없다. 교수의 집을 방문해서도, 번역을 부탁하는 사람을 만날 때도 그밖에 선배들에게도 모두 정중하게 머리를 숙인다. 지난번에 나카노의 아버지를 소개받았을 때도 더욱더 정중하게 머리를 숙였다. 그러나 머리를 숙일 때 항상 압박감을 느끼곤 했다. 지위나 나이, 복장, 주거를 곁눈질하며 머리를 숙이지 않을 텐가, 숙이지 않을 텐가, 라고 재촉당해서 어쩔 수 없이 정중하게 머리를 숙이는 것이다. 도야 선생에게는 그런 느낌을 전혀 받지 못했다. 선생의 복장은 나카노 군이 설명한 것과 같이 자신과 백중지간이다. 선생의 서재는 객실을 겸하고 있다는 점에서 자신의 방과 다르지 않다. 선생의 책상은 칠하지 않은 나무로 되어 있다는 점에서, 아무런 치장이 없다는 점에서, 또 몰취미한 사각형이라는 점에서 자신의 책상과 다르지 않다. 선생의 얼굴은 창백하다는 점에서, 말랐다는 점에서 자신과 다르지 않다. 대체로 이런 여러 가지 점에서 선생과 제자라고 하기는 어렵고 형과 동생이라고 하기에도 어려운 관계에서 정중하게 머리를 숙인 것은 강요당해 어쩔 수 없이 숙인 것이 아니다. 어쩔 수 있음에도 스스로 호의를 가지고 머리를 숙인 것이다. 자신과 비슷한 존재에 대해 느끼는 연민보다 진실하고 바른 태도에 머리 숙여 인사한 것이다. 세상에 대해 머리 숙여 인사하는 것은, 마음속으로는 이런 녀석에게, 라고 생각하면서도 겉으로는 그와 반대로 극도로 정중함을 보이는 허위의 인사입니다, 라는 반발심을 전하고 싶다는 생각으로 다카야나기 군은 머리를 숙였다. 도야 선생이 이를 알아차렸는지 어쨌는지는 알 수 없다.

"아아, 그렇습니까? 제가 시라이 도야라는 사람으로……"

아무런 꾸밈도 없이 말한다. 다카야나기 군은 이런 인사가 마음에 들었다. 두 사람은 한동안 말이 없었다. 도야는 상대방이 자신을 찾아온 이유를 알지 못하기 때문에 상대가 말을 꺼내기를 기다리는 것이 당연하다고 생각한다. 다카야나기 군은 예전 관계를 남김없이 털어놓아서 한시라도 빨리 동병상련의 관계가 되고 싶다. 그러나 너무 갑작스러워서 말을 꺼내기가 어렵다. 그뿐만 아니라 옛날 일이라고는 하지만 자신들이 괴롭혀 쫓아낸 선생이 그 때문에 이처럼 영락한 것은 아닌가 하는 자책감에 말이 나오지 않았다. 다카야나기 군은 이런 상황이 되면 몹시 용기가 부족해진다. 사죄할 겸해서 찾아왔지만, 막상 말을 꺼내야 할 때가 되자 어쩐지 두려워져 사죄를 하지 못했다. 마음속으로 이런저런 첫 마디를 만들어보았지만 이도 저도 모두 겸연쩍다.

"점점 추워지는군요."

도야 선생은 이쪽의 생각을 알지 못하기 때문에 초연히 날씨 이야기로 인사를 한다.

"네, 굉장히 추워진 듯합니다……"

다카야나기 군이 머릿속에서 궁굴린 첫 마디는 이로써 모두 허사가 되고 말았다. 과거의 일에 대한 자백은 다음에 하자는 생각이 들었다. 그러나 뭔가 말을 이어가고 싶었다.

"선생님, 바쁘십니까?"

"네, 굉장히 바빠서 정신이 없습니다. 가난한 주제에 바쁘기만 해서."

다카야나기 군은 말할 기회를 놓쳤다고 생각한다. 처음부터 다시 시작해야 한다.

"선생님의 고견을 듣고 싶어서 이렇게 찾아뵈었습니다만……"

"그럼 무언가 잡지에라도 싣게 되는 건가요?"

기대는 다시 빗나간다. 자신이 어떤 태도를 보여도 상대방은 이해하지 못한다는 생각이 들자 청년은 왠지 안타까웠다.

"아니, 아닙니다…… 그저…… 실례합니다만, 방해가 되었다면 오늘은 이만 돌아가겠습니다. 저는 아무래도 상관없습니다."

"아닙니다. 방해되지 않습니다. 의견을 듣고 싶다고 하니 일단 그냥 물어본 겁니다. 내 집에 이야기를 들으러 오는 사람은 없었으니까요."

"아닙니다."

청년은 묘한 대답으로 선생의 말을 부정했다.

"어떤 공부를 하고 계십니까?"

"문학 쪽입니다…… 올해 대학을 막 졸업했습니다."

"아아, 그렇습니까? 그렇다면 앞으로 어떤 일을 하실 생각입니까?"

"할 수 있다면, 하고는 싶습니다만 시간이 없어서……"

"시간이 없군요. 나 같은 이도 시간이 없어서 곤란을 겪고 있습니다. 그러나 도리어 시간은 없는 편이 좋을지도 모릅니다. 그렇지 않을까요? 한가한 사람은 상당히 많은 듯하지만 뭔가를 하는 사람은 적지 않습니까?"

"그건 사람에 따라서 다르지 않을까요?"

다카야나기 군은 자신에게 시간만 있다면, 이라고 조금 전에 말한 부분을 넌지시 암시한다.

"물론 사람에 따라 다르기는 하겠지요. 그러나 현대의 부자라는 사람들은……"

도야는 말을 반쯤에서 잘라버리고 책상 위를 바라본다. 책상 위에는 6센티미터 정도 두께의 원고가 놓여 있다. 장지문에는 세탁한 양말의 그림자가 비친다.

"부자들은 안 됩니다. 돈이 없어 곤란을 겪는 사람들이 오히려……"

"돈이 없어 어려움을 겪는 사람은 어려운 대로 일하면 충분합니다."

도야 선생은 곤란을 겪고 있는 주제에 태평한 말을 한다. 다카야나기 군은 좀 불만이다.

"그러나 먹고살기 위해 너무 많은 정력을 빼앗겨서……"

"그걸로 충분합니다. 정력을 빼앗겼다면 그저 그 상태로 아무 일도 하지 않는 걸로 충분하지요."

청년은 아연해하면서 도야를 바라본다. 도야는 공자님처럼 진지하다. 다카야나기 군은 자신이 바보 취급을 당한 거라면 참을 수 없다고 생각한다. 다카야나기 군은 대체로 사람들이 자신을 바보 취급한다고 받아들이는 남자다.

"선생님이라면 그걸로 충분할지도 모르겠지요."

무심코 술술 지껄이고서 순간 좀 지나쳤다는 생각이 들어 머리를 숙였다. 도야는 특별하게 생각하지는 않았다.

"난 물론 그게 좋지요. 당신이라도 그 방법이 좋습니다."

도야는 아무렇지도 않게 상대방까지 끌어들이려고 한다.

"왜 그렇지요?"

두세 걸음 도망치다가 뒤를 돌아다보면서 멈춰 서는 여우처럼 떠본다.

"그게, 문학을 했다고 하지 않았나요? 그렇지요?"

"네, 했습니다."

힘을 주어 대답한다. 다른 모든 면에서는 단호하게 대답할 자격이 없는 다카야나기 군이었지만, 자신의 본령과 관계되는 문제에서는 누구에게도 기가 꺾이고 싶지 않았다.

"그렇다면 그럴 만하지요. 그렇다면 그럴 만하지요."

도야 선생은 되풀이해서 말했다. 다카야나기 군은 어떤 의미인지 전혀 알 수가 없다. 또한 왜 그러냐고 깊이 파고드는 것도, 기습당하는 기분이 들어 싫다. 어떻게 해야 할지 난감해서 입을 다물고 상대의 얼굴을 본다. 얼굴을 보고 있는 동안 상대에게 어떻게든 해결해달라는 은근한 재촉의 의미를 담아본 것이다.

"아시겠습니까?"

도야 선생이 말한다. 얼굴을 바라본 것은 역시 아무런 도움도 되지 않았다.

"아무래도."

물러서지 않을 수 없다.

"그게, 그렇지 않습니까? 문학은 다른 학문과 다릅니다."

도야 선생은 늠름하게 단언했다.

"아하."

다카야나기 군은 특별한 생각 없이 대답했다.

"다른 학문은 말이지요, 학문이나 학문 연구를 방해하는 것이 적이 됩니다. 예를 들면 가난하다거나 바쁘다거나, 압박이나 불행이나 비참한 사정이나 불화나 싸움 등이 그것이지요. 이런 것이 있으면 학문 연구는 불가능합니다. 그렇기 때문에 가능하면 이런 것들을 피해 시간과 마음의 여유를 얻으려고 합니다. 문학자 역시 지금까지는 그래왔습니다. 그래왔을 정도가 아니지요. 여러 학문 중에서 문학자가 가장 여유로운 시간이 없어서는 안 되는 것처럼 여겨져왔습니다. 웃긴 것은 당사자들조차 그런 생각을 하고 있었다는 점입니다. 그러나 이건 잘못된 생각입니다. 문학은 인생 그 자체입니다. 고통이 있고, 궁핍이 있고, 고독이 있고, 무릇 인생길에서 만나는 것들이 곧 문학이고, 이런 것들을 맛본 사람이 문학자입니다. 문학자란 원고지를 앞에 두고 숙어사전을 참조해가며 머리를 흔들어대는 그런 여유로운 사람이 아닙니다. 원숙하고 심오한 취미를 명심하고 지키며 인간만사를 기죽지 않고 적절히 다루거나 터득하는 보통 이상의 우리들을 가리키는 것입니다. 그렇게 처리한 방법이나 터득한 것을 종이에 옮겨놓은 것이 바로 문학서가 됩니다. 따라서 책을 읽지 않는다고 해도 실제 그 자체에 합당하면 훌륭한 문학자입니다. 그렇기 때문에 다른 학문이 가능한 한 연구를 방해하는 것을 피해서 점점 인간 세상과 멀어지는 것과 달리 문학자는 자진해서 이 장애 속에 뛰어드는 것입니다."

"역시."

다카야나기 군은 묘한 표정을 지으며 말했다.

"당신은 그렇게 생각하지 않습니까?"

그렇게 생각하는지 안 하는지와 관계없이 태어나서 처음 들어본 이론이다. 비평적인 대답이 가능한 때는 준비가 될 때뿐이다. 불의의 일격에 대응하는 것이 가능하다면 그건 불의의 일격이 아니다.

"음……"

다카야나기 군은 고개를 숙였다. 문학은 자신의 본령이다. 자신의 본령에 대해 다른 사람이 이쪽에서 답변하기 불가능할 정도의 주장을 한다면 그 본령은 그다지 견고한 것은 아니다. 도야 선생조차 이런 초라한 집에 살며, 이런 더러운 옷을 입고 있다면 자신은 당연히 20엔 50전이라는 월급으로도 충분하다고 생각했다. 갑자기 자신이 넓은 세계에 끌려 나온 듯한 기분이 들었다.

"선생님은 상당히 바쁘신 것 같습니다만……"

"네, 기꺼이 바쁜 와중에 뛰어든 것이지요. 다른 사람이 보기엔 취흥 같은 고생을 하고 있습니다. 하하하."

선생은 웃으며 말한다. 이렇다면 고생은 고생이 아니다.

"실례합니다만 지금 어떤 일을 하고 계신지요……"

"지금 말입니까? 네, 여러 가지 일을 하고 있습니다. 밥을 먹기 위한 일과 제가 하고 싶은 일을 동시에 하려니 몹시 고됩니다. 최근에는 부탁받은 여러 분들로부터 이야기를 듣고 직접 필기를 해오기도 합니다."

"꽤나 귀찮은 일이겠군요."

"귀찮다면 귀찮은 일이지요. 귀찮다기보다는 오히려 바보스러운 일이지요. 뭐, 실은 적당히 적고는 있습니다만."

"꽤 재미있는 내용을 말하는 사람도 있겠지요?"

은근히 나카노 슌타이를 끌어내리려고 한다.

"얼마 전에 '우마, 우마'라는 말에 대해 설명을 들은 적이 있습니다."

"'우마, 우마' 말입니까?"

"네, 아이들이 먹을 것을 '우마, 우마'라고 말하지요. 그 내력이 있다는군요. 그분의 주장에 따르면 아이의 혀가 기능을 발휘하기 시작하면서 가장 먼저 나오는 발음이 '우마, 우마'라고 합니다. 그래서 아이 때는 어떤 것을 봐도 '우마, 우마', 아무것도 보지 않아도 '우마, 우마'라는 말을 입에 달고 살게 된답니다. 결국 '우마'라는 말에 어떤 의미도 없다고 해도 괜찮겠지요. 그러나 아이에게 가장 중요한 것은 음식이기 때문에 결국엔 '우마'는 음식에만 쓰이게 되었답니다. 어른 역시 그 버릇이 남아 맛있는 것을 '우마이(うまい)'[1]라고 말하게 된 것이지요. 그렇기 때문에 인간의 번민은 결국 근원으로 되돌아가 '우마, 우마'라는 두 글자로 귀착된다는 말이지요. 왠지 만담이라도 듣고 온 것 같지 않습니까?"

"바보 취급을 하고 있군요."

"네, 대체로 바보로 만들어버리는 것이지요."

"그렇지만 그런 한심한 소리를 늘어놓으면 좀 실례되는 일이 아닐까요?"

"아닙니다. 실례되는 일이라도 상관없습니다. 어차피 모르니까 아아, 그런가, 라고 생각하면 되지요. 아주 진지하지만 상당히 별난 사람도 있었습니다. 얼마 전엔 맹렬한 연애론을 듣기도 했지요. 가장 젊은 사람이었는데."

1 일본어로 '맛있다'는 의미.

"나카노 아니었습니까?"

"알고 있습니까? 그 사람은 열성적인 사람이었습니다."

"저와 동급생이었습니다."

"아아, 그렇습니까? 나카노 슌타인가 하는 사람이었지요. 어지간히 한가해 보이더군요. 그런 걸 생각할 정도니까."

"부자입니다."

"아주 훌륭한 집에서 살더군요. 그 사람과 친합니까?"

"네, 원래는 아주 친한 사이였습니다. 그런데 요즘은 어쩐지 거리감이 들더군요. 최근에는…… 뭐랄까…… 미래의 부인인가 뭔가가 생겨서 그다지 만나주지도 않습니다."

"뭐 괜찮지요, 그와 만나지 않는다고 해도. 손해가 되지는 않을 테니까요. 하하하."

"글쎄요, 뭐랄까 어쩐지 외톨이가 된 듯해서 쓸쓸합니다."

"외톨이여도 상관없지요."

도야 선생은 '상관없지요'라는 말에 힘을 준다. 다카야나기 군은 '선생님이라면 상관없지요'라고 파고들 용기를 내지 못했다.

"옛날부터 무엇인가를 하려고 하는 사람은 대체로 외톨이가 되었습니다. 친구에게 의지하는 모습으로는 아무것도 안 됩니다. 경우에 따라서 가족들과 사이가 벌어지는 일도 있습니다. 아내에게까지 바보 취급을 당하는 경우도 생깁니다. 심지어는 하녀까지 비웃기도 합니다."

"전 제가 그 상태가 된다면 불쾌해서 살아갈 수 없을 것 같습니다."

"그럼 당신은 문학자가 될 수 없습니다."

다카야나기 군은 입을 다물고 고개를 숙였다.

"나도 당신 나이 때는 지금처럼 생각하지 않았습니다. 그러나 세상은 실제로 여기까지 이른 것입니다. 거짓말이 아닙니다. 괴로움을 겪은 것은 예수와 공자뿐이고, 우리 문학자들은 괴로워했던 예수와 공자를 붓으로 칭찬하면서, 자신만 편하게 살아가면 충분하다고 생각하는 사람은 거짓된 문학자입니다. 그런 인간에게는 예수와 공자를 칭찬할 만한 권리가 없습니다."

다카야나기 군은 비록 지금은 괴롭지만 시간이 흐르면 큰 나무로 성장할 시기가 올 것이라고 믿고, 그때를 대비해 괴로움 속에서도 명주실같이 가는 희망을 품고 있다. 하지만 그 명주실이 반 정도 끊어져서 어두운 계곡 밖으로 나오는 일은 살아 있는 동안에는 쉽게 이루어지지 않을 것이라고 생각하고 있었다.

"다카야나기 씨!"

"네."

"세상은 괴로움으로 가득합니다."

"괴롭습니다."

"알고 있습니까?"

도야 선생은 쓸쓸하게 웃었다.

"알고 있지만 언제까지나 이렇게 괴롭다면……"

"견딜 수 없습니까? 부모님은 계십니까?"

"시골에 어머니가 계십니다."

"어머니만?"

"네."

"어머니뿐이라도 계시니 괜찮아요."

"그렇게 괜찮지 않습니다…… 한시라도 빨리 어떻게든 하지 않으면 안 됩니다. 이제 연로하시니까요. 제가 졸업하면 어떻게든 될 것이라고 생각했습니다만……"

"그렇지요. 요즘처럼 졸업생이 많아지면 직장을 얻기도 좀 곤란하겠지요. 어떻습니까? 시골 학교라도 갈 생각은 없습니까?"

"가끔은 시골에라도 갈까 생각한 적이 있습니다만……"

"또 싫어졌다는 말이군요. 그렇지요. 그다지 권하고 싶지도 않군요. 나도 시골 학교는 어느 정도 경험이 있습니다."

"선생님은……"

이렇게 말을 꺼냈지만, 옛날 일을 꺼내기는 역시 쉽지 않았다.

"네?"

도야는 아무것도 알지 못하는 듯하다.

"선생님께서는…… 저…… 고코 잡지를 편집하신다는 말을 들었습니다만…… 정말 그런 것인지."

"아아, 네. 얼마 전부터 맡아서 하고 있습니다."

"이번 달에 실린 글 중에 '해탈과 구애'라는 글이 있던데 그 유세이시라는 분은……"

"그건 접니다. 읽었습니까?"

"네, 아주 재미있게 읽었습니다. 이런 말씀을 드리면 좀 실례될지도 모르겠습니다만, 그것은 제가 말하고 싶은 내용을 수준을 대여섯 단 높여 표현한 내용이더군요. 정말 얻은 게 많을 뿐 아니라 통쾌하더군요."

"그거 고마운 말이군요. 그걸로 당신은 내 친구가 된 겁니다. 아마 세상에서 유일한 친구일지도 모르겠습니다. 하하하."

"진짜 그렇지는 않겠지요?"

다카야나기 군은 다소 진지한 표정으로 말했다.

"그렇게 생각하나요? 그럼 더욱 좋습니다. 그러나 지금까지 내 문장을 읽고 칭찬해준 사람은 한 사람도 없었습니다. 당신뿐입니다."

"앞으로는 모든 사람이 칭찬을 해줄 겁니다."

"하하하하. 그런 사람이 적어도 백 명만 된다면 더 바랄 게 없겠습니다만…… 좀처럼 종잡을 수 없는 일이 일어나기도 합니다. 얼마 전에는 뭐랄까 기묘한 사내가 나를 찾아와서……"

"어떤 사람이었습니까?"

"장사꾼이겠지요. 어디서 들었는지, 저에게 당신은 잡지를 하고 있는 것으로 아는데 글을 쓰시겠지요, 라고 묻더군요."

"아."

"쓰기는 씁니다만, 이라고 말했습니다. 그랬더니 그 사내가, 그렇다면 모쪼록 한 가지, 안약 광고를 써주셨으면 합니다, 라고 말하더군요."

"바보 같은 놈이로군요."

"그 대신에 잡지에 안약 광고를 낼 테니까 이번 한 번만 잘 부탁한다고. 무슨 덴메이스이(点明水)라던가 하는 이름이었는데……"

"묘한 이름을 붙였군요. 쓰셨습니까?"

"아닙니다. 어렵게 사양했습니다만 이상한 부탁은 그것뿐이 아니었습니다. 약국에서 그 약을 판매하는 첫날에 커다란 풍선을 띄우겠다고 하더군요."

"축하 행사용인가요?"

"아닙니다. 역시 광고를 위해서입니다. 그러나 풍선은 소리도 내지 않고 하늘 높이 날아가기 때문에 올려다보면 누구라도 볼 수 있지만,

그걸 올려다보지 않으면 소용없지요."

"그렇겠네요."

"그래서 내게 사람들이 풍선을 올려다보도록 하는 역할을 해달라고 하더군요."

"어떻게 해달라는 겁니까?"

"거리를 걷든가, 아니면 전차에 타도 좋으니까 풍선을 보게 되면 아아, 저기 풍선이 있네, 풍선이……라고 저것이 덴메이스이의 광고라고 되풀이해서 말하면 된다는 겁니다."

"하하하. 아주 큰맘 먹고 사람을 바보로 만드는 의뢰로군요."

"좀 기묘하기도 하고 바보스럽기도 한 일이라 그런 일을 하는 데는 나 같은 사람이 아니라도 상관없겠지요. 인력거꾼이라도 고용하면 되는 것이 아닌가 하고 물어봤습니다. 그러자 그 사내가 아닙니다, 인력거꾼은 신뢰를 주기 어려워 안 됩니다. 역시 수염이라도 기른 그럴싸한 사람에게 부탁하지 않으면 사람들이 속아 넘어가지 않습니다, 라고 말하더군요."

"정말 예의라고는 없는 놈이로군요. 대체 뭐 하는 녀석입니까?"

"뭐 하는 녀석이냐니, 그냥 보통 사람입니다. 세상을 속이기 위해 사람들을 고용하려고 온 겁니다. 무사태평한 사람이지요. 하하하."

"정말 놀랍군요. 저라면 주먹을 휘둘렀을 텐데요."

"그런 일로 주먹을 휘두른다면 날마다 닥치는 대로 주먹으로 처리하지 않으면 안 됩니다. 당신은 지금 화를 내고 있지만 세상은 그런 사내들로만 이루어져 있습니다."

다카야나기 군은 설마, 라고 생각했다. 장지문에 비쳤던 양말 그림자는 어느 틈엔가 사라지고 한쪽의 열린 문 사이로 구둣솔 끝이 보인다. 마루는 진흙투성이다. 손바닥만 한 정원 구석에 피어 있는 한 그루의 국화가 청순하게 선생의 가난함을 비추고 있다. 자연은 아무래도 상관없다고 생각하는 다카야나기 군도 이 국화만은 아름답다고 느낀다. 삼나무 울타리 저편으로 커다란 감나무가 보인다. 그 감나무는 하늘에 염주 같은 산호를 한데 모아 끼워놓은 듯이 붉고 아름답게 빛난다. 새 쫓는 딸랑이 소리가 나자 까마귀가 일시에 날아오른다.

"한적한 곳이군요."

"네. 다코데라(蛸寺)의 스님께서 까마귀를 쫓고 있는 겁니다. 매일 뎅그렁뎅그렁 울려서 까마귀만 쫓고 있지요. 저런 인생도 한적해서 좋지요."

"감이 아주 많이 달렸군요."

"떫은 감입니다. 저 스님은 뭐가 그리 아까워서 저런 떫은 감을 지키고 있는지…… 당신은 묘한 기침을 좀 하는데 몸은 괜찮습니까? 굉장히 마른 편이군요. 그렇게 말라서는 곤란합니다. 몸이 재산이니까요."

"그러나 선생님 역시 상당히 마르지 않았습니까?"

"저요? 저도 말랐지요. 마르긴 했지만 괜찮습니다."

7

흰 나비, 흰 꽃에
조그만 나비, 조그만 꽃에
　흩어져 있네, 흩어져 있네
기나긴 근심은, 긴 머리카락에
어두운 근심은, 검은 머리카락에
　흩어져 있네, 흩어져 있네
부질없이, 부는 태풍
부질없이, 사는가 속세에
흰 나비도, 검은 머리카락도
　흩어져 있네, 흩어져 있네

여자는 노래를 끝낸다. 노래를 듣고 있던 남자는 은주발에 구슬을 담아서, 뱅어 같은 흰 손가락으로 흔들면 이런 소리가 날 것이라고 생각한다.

"잘 불렀습니다. 좀 더 연습해서 음량이 충분하게 나오면 넓은 장소에서 불러도 잘 부를 수 있을 겁니다. 이번 연주회에서 시험 삼아 해보지 않겠습니까?"

"시험 삼아 하는 건 싫은데요."

"그럼 정식으로."

"정식으로는 더욱 안 돼요."

"그럼 그만두시겠다는 말씀입니까?"

"그게, 사람들이 많이 모여든 곳에서는 부끄러워서 목소리 같은 건 나오지 않아요."

"지금 부른 신체시(新體詩)라면 괜찮은데요."

"저도 이걸 아주 좋아해요."

"당신이 이렇게 노래를 부르는 모습을 사진으로 한 장 찍을까요?"

"사진이요?"

"네, 싫습니까?"

"싫지는 않아요. 그렇지만 사진을 찍어 사람들에게 보여줄 생각이지요?"

"보여주는 게 싫다면 저 혼자서 보겠습니다."

여자는 아무 말도 하지 않고 눈을 옆으로 돌렸다. 여인의 옷은 흐드러지게 핀 매화 가지를 깃에 모으고 그 한가운데에 샛별로 오인할 정도로 장식핀이 빛나고 있어서 남자의 시선을 끈다.

여자가 눈길을 돌린 곳에는 1미터짜리 받침대가 2단으로 나뉘어 있다. 아래쪽에는 베트남이나 캄보디아에서 만들어진 장방형의 화분이 있는데 가는 난초가 심어져 있다. 난초에서 나는 향기가 감도는 듯한 느낌이다. 위쪽 단에는 밀로의 비너스상을 어두운 방 한구석에 마치 꿈처럼 올려놓았다. 여자의 눈길이 우연히 이 나체상에 머물게 되었다.

"저 상(像)은?" 하고 묻는다.

"물론 모조품입니다. 진짜는 파리의 루브르 박물관에 있다고 합니다. 그러나 모조품이라도 상당히 볼 만하지 않나요? 허리에서 조금 올라간 곳의 휘어진 부분과 두 다리의 방향이 멋지게 균형을 이루고 있습니다. 온몸이 온전히 남아 있다면 굉장한 조각상이었겠습니다만, 아쉽게도 팔이 없습니다."

"진품도 팔이 없습니까?"

"네, 진품에 없기 때문에 모조품도 팔이 없는 것이지요."

"무슨 상(像)인가요?"

"비너스. 사랑의 신입니다."

남자는 사랑이라는 말을 강하게 말한다.

"비너스!"

짙은 속눈썹 안쪽으로 비너스를 녹여버리기라도 하려는 듯 응시하고 있다. 차가운 석고가 따스해질 정도로, 둥근 유두가 호흡에 따라 살짝 움직이는 것이 아닐까 의심스러울 정도로, 여자는 뚫어져라 보고 있다. 여자 자신도 요염한 비너스다.

"그렇군요."

여자는 마침내 가느다란 목소리로 말한다.

"그렇게 뚫어져라 보고 있으면 비너스가 움직일지도 몰라요."

"이것이 사랑의 여신입니까?"

여자가 마침내 머리를 돌렸다. 당신이 바로 사랑의 여신 같다고 말하려고 했지만, 여자와 얼굴이 마주친 순간 남자는 갑자기 주저했다.

말을 하면 여자의 표정이 흐트러질 것 같았다. 이 의아해하는 듯한, 호소하는 듯한, 깊은 눈 속에서 자신을 믿는 듯한 여자의 표정을 한순간이라도 망치는 것은 밀로의 비너스의 팔을 부러뜨리는 것같이 커다란 죄가 된다.

"너무 고귀해서."

남자가 자신을 도와주지 않는 것을 답답해하며 여자는 고개를 갸우뚱하면서 얼굴 표정을 바꾼다. 남자는 아차 싶었다.

"그렇지요. 너무 딱딱합니다. 사랑이라는 감정이 그다지 드러나 있지 않지요."

"왠지 좀 차가운 느낌이 드는군요."

"그래요. 차갑다고 말하는 것이 적당한 평가예요. 왠지 묘하다고 생각하고 있었는데 아무래도 적당한 말이 생각나지 않았어요. 차갑다, 차갑다고 표현하는 게 가장 적당하네요."

"왜 이렇게 만들었을까요?"

"역시 피디아스[1]식이기 때문에 엄격한 양식이겠지요."

"당신은 이런 것이 좋아요?"

여자는 석상조차도 자신과 비교하여 애인의 마음을 엿보려 한다. 비너스를 사랑하는 사람은 자신을 사랑해주지 않을 것이라는 걱정이 드는 것이다. 여자는 비너스가 신이라는 사실을 잊고 있다.

"좋아하냐고요? 좋지 않습니까? 역사에 남을 걸작입니다."

여자의 비평은 직관적이다. 남자의 취미는 반은 전설적이다. 어설프게 미학 같은 걸 들은 적이 있기 때문에 남자는 쉽게 여자의 견해에

---

1 피디아스(Fidias). 기원전 5세기경의 그리스 조각가. 신상(神像)을 전문으로 제작했다. 제우스 신상과 파르테논 신전의 아테나 여신상 제작에 큰 역할을 담당했다.

동의할 용기를 잃어버렸다. 학문이 자신을 속인다고는 깨닫지 못한 듯하다. 스스로 학문에 속으면서, 속지 않은 여자의 판단을 공연히 틀린 것으로만 본다.

"역사에 남을 걸작입니다."

다시 한 번 되풀이한 것은, 반쯤 여자의 취미를 교육하기 위해서였다.

"그렇군요."

여자는 이렇게 말할 뿐이다. 순간적으로 받은 인상은 학자의 한 마디에 쉽게 사라지지 않을 것이다.

"원래 비너스는 어떤지 모르겠지만, 제게 비너스는 좋지 않은 걸 연상시킵니다."

"어떤 연상인데요?"

여자는 어른스럽게 물으면서 두 손을 무릎 위에 포개놓는다. 손목의 5센티미터 정도가 희게 보이고, 나머지는 부드러운 옷 속에 감춰져 있다. 연한 적색에 은색 빗방울 무늬를 짙게 또는 연하게 이곳저곳에 얼룩지게 한 듯한 줄무늬가 나 있는 옷이었다.

위쪽에 포개진 손등이 다섯 개로 갈라져 끝이 점점 가늘고 둥글게 이어져서는 윤기 있는 손톱에 살짝 뒤덮인 것이 보기 좋았다. 손가락은 가늘고 길고, 날씬한 모습을 흐트리지 않을 정도로 부드러운 살결을 가지고 있어야 한다. 이런 가지런한 모습이 다섯 손가락 모두에서 나타나야 한다. 다섯 개의 손가락이 하나로 통합된 분위기를 만들어내야 한다. 아름다운 손을 가진 사람은 아름다운 얼굴을 가진 사람보다 적다. 아름다운 손을 가진 사람에게는 귀한 장식이 필요하다.

여자는 찬란한 장식을 가는 손가락에 끼고 있다.

"그 반지는 좀 낯설군요."

"이거요?"

포개놓은 손을 풀고 오른쪽 손가락에서 빛나는 것을 만지작거린다.

"지난번에 아버지가 사주셨어요."

"다이아몬드입니까?"

"그래요. 덴쇼도(天賞堂)에서 사온 거라니까요."

"지나치게 아버님을 괴롭히면 안 됩니다."

"어머, 그렇지 않아요. 아버지가 사오신 거예요."

"그거 아주 보기 드문 일이군요."

"호호호. 정말 그래요. 아버지가 이걸 왜 사왔는지 모르시겠죠?"

"그걸 어떻게 압니까? 내가 탐정도 아닌데."

"그래서 모르시겠죠, 라고 말씀드린 거예요."

"그러니까, 전 전혀 알지 못합니다."

"알려드릴까요?"

"네, 알려주십시오."

"알려드릴 테니 웃으시면 안 돼요."

"웃지 않습니다. 이렇게 전 진지합니다."

"지난번에 이케가미(池上)에서 경마가 있었지요. 그때 아버지가 거기 가셨다고 해요. 그래서……"

"그래서 어떻게 되었습니까? 주워 오셨단 말입니까?"

"어머, 그건 좀 실례가 되는 말씀이네요."

"기다려도 다음 얘기를 들려주시지 않으니까요."

"이제 말할 참이에요. 돈을 걸었다는 이야기지요."

"그래요? 그건 정말 놀랄 만한 일이로군요. 당신 아버님도 그런 걸

하시는군요.”

“아니에요. 그저 시험 삼아 한번 해보셨다고 해요.”

“그럼 하신 게 아닌가요?”

“하시긴 했죠. 그래서 5백 엔쯤 따셨다고 해요.”

“그래서 그 돈으로 이걸 사오셨다는 얘기인가요?”

“그래요.”

“좀 보여줘요.”

남자는 손을 내민다. 남자는 빛이 나는 것을 가볍게 받아든다.

반지는 마물(魔物)이다. 셰익스피어는 반지를 매개로 숱한 파란을 그렸다.[2] 젊은 남녀를 눈에 보이지 않는 공간에 매어두는 것이 사랑이다. 사랑을 그대로 손에 표현하는 것이 반지다.

3중으로 물결치는 가는 금색 파도의 고리와 만나 부풀어 오른 한가운데를 뚫어 움직이지 않도록 편안하게 뿌리를 박은 보석의 눈부심은 하늘이 내리비춰도 훼손하지 못하니, 파도 속보다 더 빼앗기 어려운 그 운명은, 그대 있고서의 나, 나 있고서의 그대다. 남자는 흰 손가락과 함께 반지를 바라보고 있다.

“이런 반지였을지도 모르죠”라고 남자가 말한다. 여자가 바싹 다가와 소파의 남자 옆에 앉는다.

“옛날에 어떤 호사가가 비너스 동상을 파내 자기 정원의 관상용으로 쓰려고 올리브 향기가 풍기는 곳에 세워두었다고 합니다.”

“옛날이야긴가요? 갑작스럽게……”

“그러고 나서 어느 날 테니스를 치고 있는데……”

---

2 셰익스피어는 『베니스의 상인』이나 『십이야』 등에서 반지를 매개로 남녀 간의 사랑 문제를 다루었다.

"어머, 이야기가 어떻게 되는 거예요? 누가 테니스를 쳤다는 말이죠? 동상을 파낸 사람이?"

"동상을 파낸 사람은 인부들이고, 테니스를 친 사람은 동상을 파내게 한 주인입니다."

"어느 쪽이든 같은 사람 아닌가요?"

"주인과 인부가 같은 사람이라면 좀 곤란한데요."

"그렇지만…… 역시 동상을 파낸 사람이 테니스를 친 거겠지요."

"그렇게 고집을 부리신다면 그렇게 하겠습니다. 그럼 동상을 파낸 사람이 테니스를 친다고……"

"고집이 아니에요. 그러니까 동상을 파내게 한 사람이 테니스를 쳤다는 거죠? 뭐, 그럼 됐어요."

"그건 아무래도 좋습니다."

"어머, 당신 화난 거예요? 그래서 동상을 파내게 한 사람이라고 제가 정정했잖아요."

"하하하하. 정정하시지 않아도 괜찮습니다. 그래서 테니스를 치고 있는데, 반지가 방해가 되어 라켓을 생각대로 휘두를 수 없었습니다. 그래서 반지를 벗어 어딘가에 두려고 생각했지만 너무 작은 것이어서 놓아둘 데가 마땅치 않았습니다. 아주 소중한 반지였지요. 약혼 반지였으니까요."

"누구와 결혼할 예정이었는데요?"

"누구라니요? 그건 좀, 역시 어떤 아가씨였겠지요."

"그런 거야 말씀해주셔도 괜찮지 않나요?"

"뭐 그걸 꼭 감추려는 건 아니지만……"

"그럼 말씀해주세요. 네? 괜찮죠? 상대는 누구죠?"

"그게 좀…… 실은 잊어버렸습니다."

"그래요? 치사해요."

"그게, 메리메³의 책을 줘버려서 확인할 수가 없어요."

"어차피 빌려주신 거겠죠. 됐어요."

"이거 참 곤란하네. 모처럼 한 이야기인데 이름을 잊어버렸으니 이야기를 이어갈 수 없게 되었군요. 그럼 오늘은 이것으로 그만두고 다음에 그 상대방 여자의 이름을 확인해서 말씀드리기로 하지요."

"싫어요. 모처럼 이런 말이 나왔으니까 어떻게든 해보세요."

"하지만 그 여자의 이름을 알지 못하잖아요."

"그러니까 그건 생략하고 그다음 이야기를 해주세요."

"이름을 몰라도 괜찮겠습니까?"

"네."

"진작 그렇게 얘기해주셨으면 좋았을 텐데…… 그래서 말이죠. 여러 가지로 생각한 끝에 비너스의 새끼손가락에 반지를 끼워놓았죠."

"아주 기발한 생각을 했군요. 시적(詩的)이잖아요."

"그런데 테니스를 마치고 반지를 까맣게 잊고 말았습니다. 아가씨와 함께 시골로 여행을 떠나면서야 그 사실을 떠올렸죠. 하지만 그 상황에서 달리 어찌할 수 없었기 때문에 그건 그대로 내버려두고 미래의 신부에게는 다른 반지를 사주고 약혼식을 치렀습니다."

"불쾌한 사람이네요."

"그러나 잊어버렸으니 달리 방법이 없었겠죠."

"그런 걸 잊어버리다니, 너무해요."

---

3 프로스페르 메리메(Prosper Mérimée, 1803~1870). 프랑스의 소설가. 로맨틱한 정열이나 이국적인 정취로 가득 찬 단편소설을 썼으며, 작품에 「카르멘」, 「콜롱바(Colomba)」 등이 있다.

"저라면 잊어버리는 일은 없겠지만 외국인이라 잊어버리고 만 겁니다."

"호호호호. 외국인이라서 잊어버렸다니."

"약혼식도 지체 없이 끝나고 집에 돌아와 마침내 결혼식을 올린 날 밤에……"

여기서 일부러 이야기를 끊는다.

"결혼식 날 밤에 무슨 일이라도?"

"결혼식을 올린 날 밤에, 정원에 있던 비너스가 쿵쿵 현관으로 올라와서……"

"아아, 싫어요."

"쿵쿵 소리를 내며 2층으로 올라와서……"

"무서워요."

"침실 문을 열고……"

"느낌이 좋지 않아요."

"느낌이 좋지 않다면 여기서 이야기를 그만둘까요?"

"그렇지만, 마지막엔 어떻게 되는데요?"

"그래서 쿵, 쿵, 거리며 침실 문을 열고……"

"거긴 됐어요. 마지막엔 어떻게 되는데요?"

"그럼 좀 건너뜁시다. 다음 날 보니 남자는 싸늘하게 식은 채로 죽어 있었다고 합니다. 비너스에게 안겨 있던 곳만 보라색으로 변해 있었다고 합니다."

"아아, 싫어요."

여자는 눈썹을 찌푸린다. 요염한 여성이 눈썹을 찌푸리는 것은 애교에 식초를 뿌리는 것과 같다. 달콤한 사랑의 감정에 너무 취해버린 남자는 때때로 신맛에 입맛을 다신다.

짙게 끌리는 초승달이 다가와 서로 고개를 쳐드는 넘실거림 아래로 어슴푸레하게 정념의 물결이 빛나는 것을 남자는 하염없이 바라본다.

"부인은 어떻게 되었지요?"

여자가 불쌍하게 생각하는 사람은 여자다.

"부인은 병에 걸려 병원에 입원하게 됩니다."

"그래서 나았나요?"

"글쎄요. 거기까지는 기억하지 못해요. 과연 어떻게 되었을까요?"

"낫지 말라는 법은 없겠죠. 아무 죄도 없는데."

옅지만 도톰한 아랫입술이 뾰로통하게 움직인다. 남자는 여자의 불평을 어리석다고 생각하기는커녕 다정하다고 느끼며 재미있어 한다. 두 사람의 세계는 사랑의 세계다. 사랑은 가장 진지한 유희다. 유희기 때문에 절체절명의 순간에는 반드시 모습을 감춘다. 사랑을 장난으로 생각할 수 있는 여유로운 사람은 더없이 행복하다.

사랑은 진지한 것이다. 진지하기 때문에 심오하다. 동시에 사랑은 유희다. 유희기 때문에 들떠 있다. 심오하고 들떠 있는 것은 물속의 해초와 청년의 사랑이다.

"하하하. 걱정하지 않아도 괜찮습니다. 부인은 분명 낫게 되니까요."

남자는 메리메와 상의도 하지 않고 큰소리를 쳤다.

사랑은 방황이다. 또 깨달음이다. 사랑은 세상의 온갖 만물을 재빨리 흡수하여 뭔가 다른 생명력을 부여한다. 그렇기 때문에 사랑은 방황이다. 사랑의 눈빛을 보내면 대천세계(大千世界)는 모두 황금이다. 사랑의 마음에 비치는 우주는 깊은 연정의 우주다. 그렇기 때문에 사랑은 깨우침이다. 그리하여 사랑의 공기를 호흡하는 사람은 방황인지 깨달음인지 알지 못한다. 단 스스로 사람을 끌어당기고 또 사람에게 끌려간다. 자연은 진공을 꺼리고, 사랑은 고립을 싫어한다.

"전 정말 가엾다고 생각해요. 제가 그 입장이 된다면 어쩔까 생각하면 말이죠."

사랑은 자기 자신에 대해 심각한 동정심을 갖고 있다. 다만 너무 심각해 향락의 만족이 있을 경우에만 자신을 뚫고 나오고 남의 신상에도 보통 이상으로 동정을 기울이는 일이 생긴다. 너무 심각해 실연을 당한 경우 자신을 뚫고 나와서 남의 신상에도 또한 보통 이상으로 원한을 기울이는 일이 생긴다. 사랑에 성공하는 사람은 반드시 자기 자신을 선인(善人)이라고 생각한다. 사랑에 실패하는 사람 역시 반드시 자기 자신을 선인이라고 생각한다. 성패에 관계없이 사랑은 일직선이다. 단지 사랑이라는 척도로 모든 것을 재단한다. 성공하는 사랑은 동정심을 싣고 달리는 마차의 말이다. 실패하는 사랑은 원한을 싣고 달리는 마차의 말이다. 사랑은 가장 제멋대로인 것이다.

가장 제멋대로인 선인 두 사람이 아름답게 장식된 방에서 심각한 유희를 연기하고 있다. 방 밖의 세상은 쓸쓸한 가을이다. 세상의 가을은 숱한 도야 선생들을 계속 괴롭히고 있다. 숱한 다카야나기 군을 계속 쓸쓸하게 한다. 그리하여 두 사람은 어디까지나 선인이다.

"지난번 음악회에는 다카야나기 씨와 함께 오셨지요?"

"뭐 특별히 약속한 일은 아니었습니다만, 도중에 만났기 때문에 같이 가자고 한 것이지요. 뭐랄까 동물원 앞에 슬픈 듯이 서서 벚나무 낙엽을 쳐다보고 있더군요. 가엾다는 생각이 들어서……"

"아주 잘하셨네요. 병이 있는 건 아니죠?"

"기침을 좀 하더군요. 뭐 대단한 건 아니겠지요."

"얼굴빛이 아주 좋지 않더군요."

"그 친구는 지나치게 신경질적이어서 스스로 병을 만드는 편입니다. 그걸 위로하려고 하면 오히려 비아냥거리는 겁니다. 왠지 최근에는 더욱 이상해진 것 같습니다."

"가여운 분이군요. 무슨 일이라도 있는 걸까요?"

"글쎄요. 스스로 외톨이가 되어 세상 모든 사람들을 적으로 생각하는 듯하니, 어떻게 손을 쓸 도리가 없습니다."

"실연이라도?"

"그런 말을 들은 적도 없습니다. 차라리 그럴 바에는 부인이라도 있어 보살펴주면 좋아질지도 모르겠습니다."

"보살펴준다면 좋겠지요."

"보살펴주려 해도 그렇게 신경질적이어서는 소용없지요. 부인이 불쌍하죠."

"하지만 부인이 생기면 나아지겠죠."

"조금은 나아질지도 모르겠습니다만, 원래 성격이 그런 사람이어서. 비관적으로 보는 버릇이 있습니다. 비관하는 병에 걸린 것이지요."

"호호호. 왜 그런 병에 걸린 것일까요?"

"글쎄요. 유전일지도 모르겠습니다. 그렇지 않으면 어린 시절에 무슨 일이 있었겠지요."

"특별히 들은 내용이라도?"

"아닙니다. 전 그런 이야기를 듣는 걸 좋아하지 않습니다. 더욱이 그 친구는 그런 이야기는 전혀 하지 않는 친구입니다. 그 친구가 좀 더 담백하게 자기 생각을 말한다면 위로해줄 방법도 있겠는데."

"곤란을 겪고 있는 걸까요?"

"생활면에서 말씀하시는 겁니까? 네, 그거야 곤란할 겁니다. 그러나 무턱대고 돈을 준다고 하면 나를 때리려고 달려들 겁니다."

"스스로 돈을 벌 수 있지 않을까요? 문학사니까요."

"벌 수 있지요. 그래서 잠시 기다리면 좋을 텐데 아무래도 성격이 너무 조급해서. 졸업한 다음 날부터 훌륭한 작가로 유명해져서 편하게 살고 싶다고 하니까 문제가 어려운 것이지요."

"고향은 대체 어딘데요?"

"니가타 현입니다."

"아주 먼 곳이군요. 니가타 현이라면 쌀로 유명한 곳이 아니에요? 역시 서민인가요?"

"농민일 겁니다. 아아, 니가타 현이라는 말을 들으니 생각났다! 지난번에 당신이 오셨을 때 스쳐 지나쳤던 남자 있었죠?"

"아아, 그 긴 얼굴에 수염을 기른 분? 뭐랄까 그때 전 그 사람의 나막신을 보고 깜짝 놀랐어요. 아주 얇더군요. 마치 짚신처럼 보이던데요."

"그런 모습으로 아주 태연한 분이지요. 무뚝뚝하기 그지없어서 이쪽에서 어떤 말을 걸어도 아무 대답도 해주지 않는 그런 사람이지요."

"그 사람이 왜 왔어요?"

"고코 잡지의 기자라고 하면서 제 이야기를 받아 적으러 왔다더군요."

"당신 이야기를요? 무슨 이야기를 하셨나요?"

"네, 그 사람이 잡지를 보내왔으니까 나중에 보여드리지요. 그 사람에 관한 묘한 이야기가 있습니다. 다카야나기가 시골에서 중학교에 다닐 때 그 사람에게 배웠다고 하더군요. 그래도 그 사람 문학사입니다."

"그 사람이요? 어머."

"그런데 다카야나기 일당이 여러 가지 장난을 쳐, 못살게 굴어서는 학교에서 쫓아냈다고 하더군요."

"그 사람을? 정말 심한 짓을 했군요."

"그래서 다카야나기는 이제 와서 자신이 생활에 곤란을 겪게 되자, 후회를 하고 있어요. 틀림없이 선생도 쫓겨나서 어려움을 겪었겠지, 하고 그 사람을 만난다면 사죄하겠다고 말하더군요."

"정말 학교에서 쫓겨났기 때문에 그렇게 초라하게 되었을까요? 그렇다면 가여운 일이군요."

"지난번에 그 사람이 고코 잡지의 기자라는 사실을 알게 되었어요. 그래서 음악회 끝나고 돌아가는 길에 제가 다카야나기에게 알려주었습니다."

"다카야나기 씨는 그 사람을 찾아갔을까요?"

"갔을지도 모르지요."

"진짜 쫓아냈다면 빨리 사과를 하는 편이 좋겠지요."

선인들의 대화는 이것으로 일단락된다.

"어때요? 저쪽으로 가서 사람들과 어울리지 않을래요? 싫은가요?"

"사진은 안 찍으실 건가요?"

"아아, 까맣게 잊고 있었네. 사진은 꼭 찍게 해주십시오. 이래 봬도 전 미술적인 녀석을 찍습니다. 음, 장사로 사진을 찍는 사람은 수준이 낮지요. 사진도 최근 5, 6년 사이 상당히 발전했습니다. 지금은 사진 역시 훌륭한 미술입니다. 보통의 사진은 누가 찍어도 마찬가지지요. 요즘 사진은 개개인의 취향에 따라 사진마다 개성이 나타나게 되었습니다. 사진에 불필요한 부분을 빼기도 하고, 전체적인 분위기를 부드럽게 만들기도 하고, 아슬아슬하게 광선의 작용을 전경(全景)에 나타내기도 하면서 다양한 시도를 합니다. 좀 앞서 나가는 이야기입니다만, 경치를 전문으로 찍거나 인물을 전문으로 찍는 사진사가 나올 정도니까요."

"당신은 인물 전문가예요?"

"저요? 글쎄요…… 전 당신만의 전문가가 되려고 생각 중입니다."

"정말 못 말리는 분이군요, 당신은."

다이아몬드가 번쩍 빛을 내면서 옅은 붉은색의 헐렁한 소매에서 가는 팔이 남자의 무릎 쪽으로 떨어졌다. 가볍게 닿은 것은 손끝뿐이었다.

선인들의 대화는 사진 촬영으로 끝났다.

8

가을은 점점 깊어간다. 벌레 소리도 마침내 가늘어진다.

붓과 벼루에 목숨을 건 도야 선생은 일생일대의 숙명에 매달려서, 다른 것을 돌아볼 여유가 없을뿐더러 저물어가는 가을의 한기도 모르고, 벌레 소리가 가늘어지는 것도 모르고, 세상 사람들이 자신을 냉대한다는 사실조차 모르고, 손톱에 때가 끼어간다는 것도 모르고, 다코데라의 감이 떨어진 사실은 당연히 모른다. 움직이는 사회를 자신의 힘으로 움직이게 하는 것이 도야 선생의 소명이다. 높고, 위대하고, 사심이 없는 방향으로, 한 발짝만이라도 움직이게 하는 것이 도야 선생의 사명이다. 도야 선생은 그 밖의 것은 모른다.

다카야나기 군은 그렇게는 되지 않는다. 도야 선생이 모든 것을 모르는 데 반해서 그는 모든 것을 알고 있다. 지나가는 사람들의 눈빛도 알고 있다. 살을 에는 듯이 불어대는 바람의 예리함도 알고 있다. 날아가는 기러기의 숫자도 알고 있다. 아름다운 여자도 알고 있다. 황금의 소중함도 알고 있다. 톱밥처럼 취급되는 자기 육신의 헛됨, 덧없는 세상의 고통이 뼈에 사무치는 저녁들을 알고 있다. 하숙집 반찬이 애석하게도 감자뿐이라는 사실은 원래부터 알고 있다. 너무 많이 아는 것이 그에게는 버릇 같은 것이지만, 그런 버릇이 점점 더 심해진다는 점이 그의 병이다. 세상에는 설사 죽인다고 작정해도 전부 죽일 수는 없을 정도로 인간이 많다. 그러나 이런 병을 고쳐줄 사람은 한 사람도 없다. 이런 병을 고쳐줄 수 없는 이상 몇천만의 사람이 있다고 해도 없는 것과 마찬가지다. 그는 외톨이가 되었다. 자신에게 만족하고 다른 사람을 기다리지 않는 한가한 외톨이가 아니다. 동정심을 간절하게 바라고 인간을 갈구하는, 마음 달랠 길 없는 외톨이다. 나카노 군은 병이라고 했다. 자신도 병이라고 생각한다. 그러나 자신을 외톨이 병에 걸리게 한 것은 세상이다. 자신을 외톨이 병에 걸리게 한 세상은 위험한 병자를 눈앞에 두고 휘파람을 불고 있다. 세상은 자신을 병자로 만든 것만으로는 만족하지 않는다. 죽어가는 병자를 살해하려고 달려든다. 다카야나기 군은 세상을 저주할 수밖에 없다.

도야 선생이 바라보는 세상은 다른 사람들을 위한 세상이다. 다카야나기 군이 바라보는 세상은 자신을 위한 세상이다. 다른 사람들을 위한 세상이기 때문에 자신을 보살펴주는 사람이 없어도 원한을 갖지 않는다. 자신을 위한 세상이기 때문에 자신을 개의치 않는 세상을 잔혹하다고 생각한다.

다른 사람들을 보살피기 위해 태어난 사람과 보살핌을 받기 위해 태어난 사람은 이 정도로 다르다. 다른 사람을 지도하는 자와 다른 사람에게 의지하는 자는 이 정도로 다르다. 똑같이 외톨이면서 이 정도로 다르다. 다카야나기 군은 이런 다름을 알지 못한다.

때가 낀 이불을 냉정하게 펴고 오 푼 길이로 잘랐는데 칠 푼 길이로

자란 머리를 지저분한 베개에 누이더니 다카야나기 군은 문득 눈을 들어 정원의 오동나무를 바라보았다. 다카야나기 군은 저술을 하다가 눈이 피로해지면 반드시 이 오동나무를 본다. 지리학 교수법을 번역하다가 울적해지면 반드시 이 오동나무를 본다. 편지를 쓸 때조차 쓸 내용이 막히면 반드시 이 오동나무를 본다. 꼭 보아야 한다. 세 평 정도의 정돈되지 않은 정원에 볼 만한 것이라고는 오동나무 말고는 아무것도 없다.

특히 요즘에는 기분이 좋지 않아 일을 해볼 기력이 없었기에 별스럽게 책상에 턱을 괴고 아침저녁마다 오동나무를 바라보면서 꾸벅꾸벅 졸고 있었다.

낙엽 하나가 떨어지면,[1] 이라는 구절은 진부하다. 쓸쓸한 가을은 반드시 오동나무부터 손을 댄다. 낙엽이 철썩 담에 걸쳐질 무렵 그러니까 겹옷 입을 무렵까지만 해도 그다지 마음 흔들릴 일은 없다고 방심하게 되는데, 다음 날 아침 다시 낙엽은 바스락 떨어진다. 어쩐지 써늘해 일찍부터 밀어 닫은 덧문 바깥에서 다시 바스락 하는 소리가 난다. 잎은 차츰 노랗게 변해간다.

푸른 이파리가 점점 쇠약해지는 가운데 뚜렷이 드러나는 것은 얇게 흐르는 나무진의 색깔이다. 나무진은 매일 밤을 춥게 새면서 짙게 변해간다. 어른어른한 목숨은 아침저녁으로 줄어든다.

바람이 분다. 어디서부터 오는지 알 수 없는 바람이 슥 분다. 노르스름한 우듬지는 움직이는 것처럼 보이지 않고 끝에서 한 잎 두 잎 우수수 떨어진다. 나머지는 가까스로 목숨을 건진다.

---

1 "낙엽 하나가 떨어지면 가을이 왔음을 안다(一葉落地天下秋)." 이자경의 『추충부(秋蟲賦)』 중 한 구절.

나무진은 매일 밤 가을 서리를 맞고 점점 짙어진다. 나무진 속에 검은 줄기가 선다. 빗자루로 두들기면 과자가 부서지는 것 같은 소리가 난다. 검은 줄기는 좌우가 그을리며 퍼진다. 이제 위태롭다.

바람이 분다. 담벼락 사이에서, 툇마루 아래에서 바람이 불어온다. 위태로운 것들이 떨어진다. 끊임없이 떨어진다. 위태롭다고 생각하는 마음조차 사라질 정도로 우듬지에서 떨어진다. 밝은 달빛이 비추면 나뭇가지의 숫자가 눈에 들어올 정도로 노골적으로 앙상한 뼈대가 드러난다.

얼마 남지 않은 나뭇잎을 벌레가 갉아먹는다. 짙은 다갈색 나뭇잎에 구멍이 뻥 뚫린다. 옆에도 뚫리고 그 옆에도 뻥뻥 뚫린다. 한 면은 이제 구멍들로 가득하다. 허전하다고 낙엽이 말한다. 허전하지, 라고 바라보고 있던 사람이 말한다. 그런 나뭇잎에 바람이 불어온다. 나뭇잎은 이제 모두 날아가버린다.

다카야나기 군이 문득 눈을 들었을 때는 오동나무는 이미 이런 과정을 거쳐 알몸뚱이가 되어 있었다. 창문 가까이까지 뻗은 나뭇가지 끝에는 벌레가 갉아먹은 나뭇잎이 한 장 매달려 있을 뿐이었다.

"외톨이다!"

다카야나기 군은 속으로 이렇게 소리쳤다.

다카야나기 군은 지난달쯤부터 묘한 기침을 한다. 처음에는 전혀 신경 쓰지 않았다. 점점 배에 울림이 없는 기침이 나온다. 기침만이 아니다. 열도 난다. 열이 난다고 생각하면 가라앉는다. 가라앉았으니 일을 해볼까 생각하면 다시 열이 난다. 다카야나기 군은 고개를 가로 젓는다.

의사에게 가볼까 생각했지만 그런 결심을 하면 스스로 병에 걸렸다는 사실을 인정하게 되는 셈이다. 스스로 병에 걸렸다고 인정하는 것은 스스로 자신의 죄를 인정하는 것이 된다. 자신의 죄악은 판결을 받기 전까지는 마음속으로 변호하는 것이 인지상정이다. 다카야나기 군은 자신의 몸을 의사의 선고를 듣지 않고 우선 변호했다. 신경성이라고 변호했다. 신경성과 사실은 형제라는 것을 다카야나기 군은 모른다.

밤이 되면 가끔 식은땀을 흘린다. 땀 때문에 눈을 뜨는 경우도 있다. 아주 캄캄한 상태에서 눈을 뜬다. 그런 캄캄한 밤이 무한히 계속되면 좋겠다고 생각한다. 밤이 가고 사람들의 목소리가 들리고 세상이 존재한다는 사실을 알게 되면 고통스럽다.

어두운 상태를 더욱 어둡게 하기 위해 눈을 감고 이불 속으로 머리를 처박는다. 이제 이런 세상에 얼굴을 내밀고 싶지 않다. 이대로 잠이 들어 잠에서 깨어나지 않을 동안에 저세상으로 가버리면 좋겠다고 생각하면서 잔다. 다음 날이 되면 태양은 무자비하게도 강렬하게 창문을 비추고 있다.

시계를 꺼내 하루에 몇 번이나 자신의 맥박을 검사해본다. 몇 번이나 검사를 해도 정상이 아니다. 너무 빨리 뛴다. 불규칙하게 뛴다. 아무리 생각해도 정상으로 뛰지 않는다. 가래를 뱉을 때마다 눈에 핏대를 세우고 바라본다. 붉은색이 보이지 않는 것이 그런대로 위안이 된다.

가래에 피가 섞이지 않은 것에서 위안을 느낀다면 피가 섞일 때는 그저 살아 있다는 사실에 위안 받지 않으면 안 된다. 그저 살아 있다는 사실에 위안을 느껴야 하는 그런 운명에 다가가고 있을지도 모르는 다카야나기 군은, 그저 살아 있다는 것만은 꺼리는 사람이다. 보통 사람들도 대부분 이런 모순을 무릅쓴다. 그들은 대개 행복한 삶이 목적이다. 행복하게 살아가기 위해서는 행복을 즐길 인생 그 자체가 필요하다는 사실을 인정해야 한다. 단순한 생명은 그들의 목적이 아니라 해도 행복을 향유할 필수조건으로서 온갖 고통 속에서도 유지하지 않으면 안 된다. 그들은 이런 모순을 무릅쓰며 속세를 살아가면서 죽으려 해도 죽을 수 없고 게다가 날마다 죽음에 끌려가고 있다는 사실을 알아챈다. 부채를 갚으려고 하지만 다달이 새로운 부채가 쌓여가는 현상과 다를 바가 없다. 이를 비참한 번민이라고 한다.

다카야나기는 이부자리 속에서 나왔다. 가스사(絲)[2]로 문병(蚊絣)[3]을 새긴 솜옷 위에 검은색 무명 하오리를 걸쳤다. 책상으로 다가간다. 역시 번역을 할 생각이다. 4, 5일 동안 내버려둔 책상 위에는 찢어진 장지문 사이로 들어온 모래가 얇게 쌓여 있다. 벼루 속은 하얗게 보인다. 다카야나기 군은 귀찮아서 먼지도 불어내지 않고 물을 붓는다. 연적에 들어 있는 물이 아니다. 대여섯 송이 국화를 꽂았던 유리 꽃병을 꽃이 든 채로 기울여서 한 번에 벼루못에 부은 물이다. 이제 거의 다써가는 고바이엔(古梅園)[4]을 계속 갈아보니 지분지분하다. 다카야나기 군은 불쾌해 눈썹을 찡그렸다. 불쾌감이 일어나기 전에 그런 감정을 씻어내려는 노력을 굳이 하지 않고 불쾌감이 생기면 입술을 깨무는 게 이런 사람의 행태다. 그는 불쾌감을 너무 참은 나머지 예민해졌다. 그리하여 미리 대비한 나머지 자포자기해버렸다.

그는 책상에 원고지를 펼치고 한 시간 정도 신음하면서 겨우 두세 장을 검게 만들었지만 이윽고 내던져버리듯 붓을 놓았다. 창밖에는

2 가스불로 광택을 낸 무명실.
3 모기가 떼 지어 날고 있는 듯한 모양의 십자무늬.
4 나라(奈良)에서 제조한 유명한 먹. 고바이엔은 먹을 파는 유명한 가게 이름에서 유래했다.

떨어질 기회를 놓친 오동나무 잎 하나가 쓸쓸하게 남아 있다.

"외톨이다!"

다카야나기 군은 속으로 다시 한 번 되풀이했다.

쳐다보고 있는 동안 나뭇잎은 좀 위쪽으로 올라갔다가 다시 아래쪽으로 흔들린다. 마침내 떨어질 것이다. 이런 생각을 하는 사이에 바람이 문득 멎었다.

다카야나기 군은 두루마리를 꺼내 이번에는 고향에 계신 어머니에게 편지를 쓰기 시작했다. '쌀쌀한 날씨에 어떻게 지내시는지요? 여전히 건강하시리라 믿습니다. 저는 염려해주신 덕분에 무사히 지내고 있습니다'까지 쓰고 잠시 생각하다가 곧 이 대여섯 줄을 찢어버린다. 찢은 종이를 입 안에 넣고 질겅질겅 씹더니 멍하니 검은 것을 정원에 토해낸다.

외톨이 잎이 다시 흔들린다. 이번에는 좌우로 두세 번 고개를 흔든다. 그런 흔들림이 이내 줄어들었다고 생각할 즈음, 쏴아 하는 소리가 나고 병든 잎은 똑 떨어졌다.

"떨어졌다! 떨어졌다!"

다카야나기 군은 자못 풀이 죽은 듯 이렇게 말했다.

마침내 1미터쯤 되는 벽장을 열어 갈색 중절모를 꺼낸다. 문 앞에 나가 하늘을 올려다보니 흘러가는 가을을 무거운 어떤 것이 위에서부터 둘러싸고 있다.

"할머니! 할머니!"

네에, 라고 대답하면서 걸레를 누비던 일을 그만두고 할머니가 밖으로 나온다.

"우산을 꺼내주세요. 제 방 툇마루에 있습니다."

비가 내리면 우산을 쓰고서라도 걸을 생각이다. 어딘가 구체적인 목적지는 없지만 그냥 걸어볼 작정이다. 전차는 무작정 달릴 뿐, 왜 달려야 하는지 전차도 알 리 없다. 다카야나기 군은 자신이 걷고 있다는 사실은 알고 있다. 그러나 왜 걷고 있는지는 전차와 마찬가지로 알지 못한다. 아무 일도 없고, 또 걷고 싶지도 않은 사람을 무리하게 걷게 하는 것은 잔혹한 일이다. 잔혹함이 걷게 만들기 때문에 원수를 갚기는 어렵다. 적을 붙잡고 싶다면 잔혹함을 만들어낸 장본인에게 향할 수밖에 없다. 잔혹함을 만들어낸 장본인은 세상이다. 다카야나기 군은 혼자서 그 적진 속을 걷고 있다. 아무리 걷는다고 해도 역시 외톨이다.

똑똑 빗방울이 조금씩 내린다. 늦가을 첫 비라. 두부 가게의 처마 밑에 콩을 짜고 난 비지가 산처럼 통에 담겨 있다. 산의 정상은 허물어져 사방에서 김이 올라온다. 김은 바람에 흩날려 지나가는 사람들에게 너울거리며 달려든다. 절인 생선을 파는 가게에는 연어의 잘린 몸이 녹이 슨 것처럼 붉은빛을 내며 널려 있다. 그 옆에는 뱅어포가 딱딱해져서 허옇게 뒤틀려 있다. 가다랑어포를 파는 가게에서는 나이 어린 점원이 열심히 가다랑어를 솔로 닦고 있다. 가다랑어가 반짝반짝 빛을 낸다. 안쪽으로는 혼례용 소나무가 풍경에 새파란 빛을 더해 준다. 엽차를 파는 가게에서는 견습 점원이 가루차를 절구에 넣고 찧는다. 주인은 거리를 주시하며 차를 마시고 있다. "앗, 위험해!" 다카야나기 군은 무언가에 부딪쳐 나가떨어졌다.

가문(家紋)이 새겨진 검은 하오리에 중산모를 쓴 멋진 신사가 급하게 모는 인력거를 타고 바삐 달려가고 있다. 인력거를 탄 사람은 기세가 좋다. 걸어 다니는 사람은 인력거에 받쳐도 어쩔 수 없다. "비키라고, 위험하잖아!" 상대가 심하게 호통을 쳐도 입을 다물 수밖에 없다. 다카야나기 군은 마치 유령처럼 걷고 있다.

청동으로 만든 도리이(鳥居)[5]를 지난다. 포석 위로 대여섯 마리의 비둘기가 오다 말다 하는 비 속에서 가까워졌다가 이내 멀어져 간다. 속발(束髮)[6] 형태로 머리를 묶은 어린 게이샤가 우산을 쓰고 비둘기를 바라보고 있다. 엉성한 줄무늬 평직 비단으로 만든 하오리를 길게 입고, 덮개 있는 나막신 속에 맨발을 넣고 서 있는 모습을 하숙집 2층 창문에서 학생 두 명이 얼굴을 내밀고 평가를 내리고 있다. 신에게 배례(拜禮)하면서 손뼉을 치고 방울을 울리고 새전을 던져넣던 뒷모습이, 보고 있는 동안에 돌아서더니 이쪽으로 다가온다. 오글쪼글한 검은 비단에 떡갈나무 잎 문양을 넣은 하오리 차림으로 의기양양한 게이샤가 스쳐 지나가면서 다카야나기 군에게 슬쩍 추파를 던졌다. 다카야나기 군은 세상을 짊어지기라도 한 것처럼 마음이 무거웠다.

돌계단을 서른여섯 개를 내려온다. 전차가 덜커덩덜커덩 지나간다. 이와사키[7] 집의 담벼락이 냉혹하게 치솟아 있다. 저 담에 머리를 부딪쳐 무너뜨려버릴까 생각해본다. 오다 말다 하던 빗줄기는 어느 순간엔가 그쳤고, 전차 정류장에는 대여섯 명이 기다리고 있다. 큰 키에 가문이 새겨진 검은 하오리가 박쥐우산을 접고 하늘을 올려다보고 있다.

"선생님!"

외톨이인 다카야나기 군이 불렀다.

5 신사 입구에 세운 기둥 문.
6 메이지 시대 이후에 서양의 영향을 받아 생겨나 유행한 트레머리.
7 이와사키 야타로(岩崎彌太郎, 1835~1885). 메이지 시대의 실업가로 1873년 미쓰비시(三菱) 상회를 창업해 미쓰비시 재벌로 키웠다.

"아아, 이거 참 묘한 곳에서 만났군요. 산책이라도 나온 건가요?"

"네."

다카야나기 군이 대답했다.

"날씨도 좋지 않은데 이렇게 산책을 하고 있군요. 이와사키 저택을 세 바퀴 돌면 아주 적절한 산책이 되지요. 하하하."

다카야나기 군도 기분이 약간 좋아졌다.

"선생님은?"

"나 말입니까? 난 산책할 여유가 좀처럼 나지 않습니다. 변함없이 바쁩니다. 오늘은 우에노에 있는 도서관에 좀 조사할 일이 있어 다녀오는 길입니다."

다카야나기 군은 도야 선생과 만나면 왠지 힘이 솟았다. 외톨이면서도 이렇게 아무렇지도 않은 선생이 이 세상에 있다고 생각하면 조금은 마음이 든든해지는 듯하다.

"선생님! 좀 더 산책하시지 않겠습니까?"

"뭐, 잠깐이라면 괜찮겠지요. 어느 쪽으로 갈까요? 우에노 쪽은 좀 그렇군요. 지금 막 갔다 온 곳이니까요."

"저는 어느 쪽이든 괜찮습니다."

"그럼 언덕으로 올라간 다음 혼고(本鄉)로 가봅시다. 난 그쪽으로 돌아가야 하니까."

두 사람은 전찻길을 따라 걷기 시작했다. 다카야나기 군은 외톨이에서 갑자기 둘이 된 듯한 기분이 들었다. 그런 생각을 하자 하늘 역시 넓게 보인다. 이제 인력거꾼에게 떠밀릴 일은 없을 것이라고 생각한다.

"선생님!"

"예, 말씀하시죠."

"조금 전에 인력거꾼에게 떠밀렸습니다."

"그거 아주 위험했겠군요. 다치지는 않았습니까?"

"다치지는 않았습니다만, 화가 납니다."

"그렇겠지요. 그렇지만 화가 난다고 해도 어쩔 수 있는 건 아니지요. 하지만 화도 어떻게 내느냐가 중요합니다. 옛날 와타나베 가잔[8]이 마쓰다이라(松平) 제후의 종자들 중 한 우두머리의 경솔함 때문에 심한 어려움을 겪은 적이 있다고 합니다만. 가잔은 그 당시 일을 이렇게 적었다고 합니다. '마쓰다이라 제후가 어횡행(松平候御橫行).' 어횡행(御橫行)이라는 세 글자가 아주 재미있지 않습니까? 존경의 의미로 횡행[9]이라는 말 앞에 어(御)라는 글자를 붙이기는 했습니다만, 그 내면에는 멋진 반항심이 있지요. 기개가 있습니다. 당신도 '인력거어횡행'하고 일기로 써보는 것이 어떨까요?"

"마쓰다이라 제후는 누구인가요?"

"누군지는 모르겠습니다. 유명한 인물이었다면 어횡행(御橫行)이라고 보일 만한 행동은 하지 않았겠지요. 당시 기개를 보인 가잔은 지금까지도 유명하지만, 마쓰다이라에 대해서는 아는 사람이 없습니다."

"그렇게 생각하니 유쾌하기는 합니다만, 이와사키 저택의 담장 같은 걸 바라보면 담장에 머리를 부딪쳐 무너뜨리고 싶어집니다."

"머리를 부딪쳐 무너뜨릴 수 있다면 당신보다 먼저 무너뜨린 사람이 있었겠죠. 그런 어리석은 말은 하지 말고 정정당당하게 창작에 매

---

8 와타나베 가잔(渡邊華山, 1793~1841). 일본의 화가. 본명은 사다야스(定靜). 인물의 성격을 잘 나타낸 초상화를 많이 그렸으며 일본 미술에 서양화 원근법을 도입하는 등 선구적인 노력을 기울인 것으로 유명하다.

9 횡행(橫行)은 아무 거리낌 없이 제멋대로 행동하는 것을 말한다.

진하면 그걸로 당신의 이름은 이와사키 같은 사람보다 더 오래 전해질 것입니다."

"그런 창작을 하도록 내버려두지 않습니다."

"누가요?"

"구체적으로 누구라고 말할 수는 없습니다만, 그게 안 됩니다."

"어디 몸이라도 좋지 않습니까?"

도야 선생은 옆에서 얼굴을 가까이하고 들여다본다. 다카야나기 군의 뺨은 열로 달아올랐다. 창백한 가운데 후끈후끈한 열기가 전해진다. 도야는 고개를 가로젓는다.

"언덕에 올라오는 동안 심하게 숨이 차는 것 같던데 어디 몸이 좋지 않은 건 아닙니까?"

일부러 자신에게조차 감추려고 한 것을 알아차리니, 상대가 이렇게 정확하게 알아차릴 정도로 명백한 사실인가 싶어 낙담한다. 상대에게 간파된 다카야나기 군은 어두운 구덩이로 떨어진 듯했다. 사람들은 잘 알지도 못하면서 이렇듯 거침없이 냉혹한 동정을 표하는 경우가 많다.

"선생님!"

다카야나기 군은 길에서 멈춰 섰다.

"왜 그러십니까?"

"제가 병자로 보이나요?"

"글쎄요. 뭐 안색은 좀 좋지 않군요."

"아무래도 폐병일까요?"

"폐병? 그렇진 않겠지요."

"아닙니다. 거리낌 없이 말씀해주십시오."

"폐가 좋지 않은 기미라도 있습니까?"

"유전입니다. 아버님이 폐병으로 돌아가셨습니다."

"그건……"

이렇게 말해놓고 선생은 대답이 막혔다.

방광[10]에 넘칠 정도의 물을 담은 상태에서 바늘로 구멍을 뚫어 새도록 하면 그 바늘구멍은 곧 동전만 해진다. 다카야나기 군은 도야의 대답은 듣지 않겠다는 듯 말을 잇는다.

"선생님! 제 개인사를 들어주시지 않겠습니까?"

"네, 들어보지요."

"아버지는 마을 우체국의 직원이었습니다. 제가 일곱 살 때 구속되었습니다."

도야 선생은 입을 다문 채 말하는 사람과 보조를 맞추어 걷는다.

"나중에 들어보니 공금을 횡령했다고 합니다. 당시에는 아무것도 알지 못했습니다. 어머니에게 물으니 아버지는 곧 돌아오신다, 곧 돌아오신다고 말하더군요. 그러나 아버지는 끝내 돌아오지 않았습니다. 돌아올 수도 없었겠지요. 폐병에 걸려 감옥에서 돌아가신 것입니다. 이런 사실도 훨씬 나중에 들었습니다. 어머니는 가산을 정리해 시골에 틀어박혀 있습니다……"

맞은편에서 인력거 두 대가 기세 좋게 달려오고 있었다. 인력거에는 속발한 여자가 타고 있었다. 두 사람은 약간 비켜선다. 이야기는 끊어진다.

"선생님!"

"네, 그래서요?"

10 메이지 시대 일본에서는 소의 방광을 얼음주머니로 사용했다.

"그렇기 때문에 제게 폐병은 유전입니다. 어쩔 수 없는 일입니다."

"의사에게 갔습니까?"

"의사에게는…… 가지 않을 겁니다. 가든 안 가든 똑같습니다."

"그건 안 됩니다. 폐병이라도 낫지 않는다고는 할 수 없습니다."

다카야나기 군은 어쩐지 꺼림칙한 웃음을 띤다. 비가 추적추적 내린다. 가라타치 데라(寺) 문짝에 벽암록제창(碧嚴錄提唱)이라고 써 붙인 종이가 눈에 띄게 희게 보인다. 여학교에서 학생들이 잇따라 나온다. 붉은색, 자주색, 적갈색이 이곳저곳에 흩어진다.

"선생님! 죄악도 유전되는 것일까요?"

여학생들 사이를 누비며 걸음을 옮기면서 다카야나기 군이 묻는다.

"그런 일이 있겠습니까?"

"유전되지 않는다고 해도 저는 죄인의 자식입니다. 숨이 막힐 것 같습니다."

"그건 참으로 안타까운 일입니다. 그러나 잊어야만 합니다."

경찰서에서 수갑을 찬 두 명의 죄인이 경찰에 호송되어 나온다. 비가 죄인의 머리카락을 적신다.

"잊는다고 해도 곧 떠오르더군요."

도야 선생은 언성을 높여 말한다.

"그러나 당신의 인생은 과거에 있는 것입니까? 미래에 있는 것입니까? 당신은 앞으로 꽃을 피울 사람입니다."

"꽃이 피기 전에 시들어버릴 겁니다."

"시들기 전에 일을 하면 됩니다."

다카야나기 군은 입을 다물고 있다. 과거를 돌아보면 죄가 있다. 미래를 바라보면 병이 있다. 현재는 빵을 위해 글씨를 베껴 쓴다.

도야 선생은 다카야나기 군에게 귓속말을 했다.

"당신은 당신만 외톨이라고 생각할지도 모르나 나 역시 외톨이입니다. 외톨이는 숭고한 사람입니다."

다카야나기 군은 이 말의 의미를 이해하지 못했다.

"이해하겠습니까?"

도야 선생이 물었다.

"숭고? 왜 그렇지요?"

"그걸 이해하지 못한다면 도저히 외톨이로는 살아갈 수 없습니다. 당신은 다른 사람보다 높은 곳에 살고 있다고 자신하지만 사람들이 그곳을 인정해주지 않기 때문에 외톨이가 된 거지요? 그러나 다른 사람이 인정해줄 만한 곳이라면 그들도 올라설 수 있는 곳입니다. 게이샤나 인력거꾼이 이해할 만한 인격이라면 틀림없이 수준이 낮을 겁니다. 게이샤나 인력거꾼이 자신과 동등한 사람이라고 생각해버리기 때문에 상대가 자신을 업신여길 때 화가 치민다거나 번민하는 것입니다. 만일 그들과 동등하다면 창작을 해봤자 역시 동등한 창작밖에 나오지 않습니다. 그들과 동등하지 않기 때문에 훌륭한 인격을 발휘한 작품도 나옵니다. 훌륭한 인격을 발휘한 작품을 쓰지 못한다면 그들로부터 업신여김을 당하는 것은 어떤 면에서 당연한 일이지요……"

"게이샤나 인력거꾼이야 아무래도 상관없습니다만……"

"누구를 예로 들어도 마찬가지입니다. 같은 학교를 같이 졸업한 사람이라도 다르지 않습니다. 같은 학교의 졸업생이기 때문에 비슷할 것이라고 생각하는 것은 교육의 형식이 비슷한 것을 교육의 실체가 비슷한 것으로 착각하는 것입니다. 같은 대학의 졸업생이 동일한 수준이라면 대학의 졸업생은 죄다 후세에 이름을 남기든지 아니면 죄다 사라져야 하는 것이지요. 자신만이 후세에 이름을 남기고자 기를 쓴다면 설령 같은 학교 졸업생이나 그 밖의 사람들은 후세에 이름을 남기지 못한다고 가정하지 않으면 안 됩니다. 이미 그런 가정을 하고 있다면 자신과 다른 사람은 같은 학사라고 해도 크게 차이가 난다고 스스로 인정한 것이 아닙니까? 크게 차이가 난다는 것을 자부하면서 다른 사람이 자신을 알아주지 않는다고 번민하는 것은 모순입니다."

"그럼 선생님은 후세에 이름을 남길 생각을 하면서 일을 하고 계십니까?"

"난 조금 다릅니다. 지금 내가 한 말은 당신을 중심으로 세운 논의입니다. 훌륭한 작품을 써서 후세에 전하고 싶은 것이 당신의 희망인 듯해서 이야기한 것입니다."

"선생님께서는 어떠신지 가르쳐주십시오."

"난 이름처럼 미덥지 못한 것은 아무래도 상관없습니다. 다만 스스로 만족을 얻으려고 세상을 위해 일하는 것뿐입니다. 그 결과가 악명이 되든, 오명이 되든, 아니면 광기가 되든 할 수 없습니다. 그저 이렇게 일을 하지 않으면 만족할 수 없기 때문에 일하는 것일 뿐입니다. 이렇게 일하지 않으면 만족하지 못하는 것을 보면 이것이 바로 내가 걸어야 하는 길임에 틀림이 없습니다. 인간에겐 자신의 길을 따라가는 것 말고는 달리 방법이 없습니다. 인간은 길의 동물이기 때문에 길을 좇는 것이 가장 존엄하다 생각합니다. 길을 좇는 사람은 신 역시 피해야 합니다. 이와사키의 담 같은 건 아무것도 아니지요. 하하하하."

낡아서 벗겨진 중절모를 뒤로 젖혀 쓰고, 면과 털실을 섞어 짠 부드러운 천의 박쥐우산을 쓴 외톨이 월급쟁이의 좁고 긴 얼굴에서 후광이 비쳤다. 다카야나기 군은 문득 생각했다.

사람들은 오른쪽으로, 왼쪽으로 이동한다. 거리의 상점은 손님을 맞이하고 보낸다. 전차는 가능하면 많은 사람들을 싣고 동서로 달린다. 정교하게 짜인 거리를 상갓집 개처럼 걷는 두 사람은 직장에서 쫓겨난 하급공무원과 타락한 풋내기 학생으로 보일 것이다. 그렇게 보인다고 해도 별수 없다. 도야는 이 정도로 됐다고 생각한다. 슈사쿠는 그래서는 안 된다고 생각한다. 두 사람은 4초메 모퉁이에서 헤어졌다.

9

소춘(음력 10월)의 어느 날 따뜻함이 밀려든 별장의 작지만 정돈된 마당에서 결혼식 피로연이 열린다.

사랑은 편협함을 싫어하고 또 독점을 미워한다. 사랑하는 두 사람 사이에 남아도는 정으로, 널리 중생을 윤택하게 한다. 남아도는 돈을 아낌없이 내놓아 많은 손님을 치른다. 이 자리에 오지 않은 사람은 화합과 즐거움의 부채가 일으키는 바람을 꺼려서, 추운 겨울 하늘을 날아가는 청둥오리나 기러기 같은 부류다.

원만한 사랑은 닿는 곳마다 모조리 원만하게 한다. 두 사람의 사랑은 비가 오다 말다 하는 대체로 흐린 하늘조차도 원만해지도록 만들었다. 태양이 머리 바로 위에서 빛나는 날이다. 태양이 머리 위에서 빛난다는 사실은 누구나 알고 있으나, 그 누구도 손으로 빛을 가리면서 태양을 바라볼 시도조차 하지 않을 정도로 태양이 밝게 빛나는 날이다. 득의양양한 사람 중에 밝은 태양을 싫어하는 사람은 없다. 손님은 마차를 달려 동서남북에서 찾아온다.

삼나무의 푸른 잎을 골라 둥근 기둥의 굵은 부분을 장식하고, 머리 위 30센티미터쯤에 두 개의 장대를 좌우에서 균일하게 구부려서 맞댄 것을 아치로 삼았다. 삼나무 잎의 푸른색은 지나치게 엄숙하다. 사랑의 고향으로 들어가는 사람은 그저 엄숙하기만 한 문을 빠져나갈 수 없다. 푸른색은 따뜻한 빛깔로 부드럽게 변모되어야 한다.

갈라지면 부옇게 보이는 귤은 맛은 제쳐놓고 빛깔이 따스하다. 음력 10월의 색은 노랗다. 방울방울 구슬을 꿰어놓은 듯한 삼나무 잎의 그림자에 풍요로운 남해의 바람이 불어온다. 날이 새도록 기다렸다가 불쑥 떠오른 아침 해가 언덕 위에서 언덕을 비추자, 만 개의 노란빛 옥 알갱이들이, 마치 일시에 빛나는 기노쿠니(紀の國)[1]에서 훔쳐온 향기처럼 여겨진다. 그 밑을 지나가는 사람은 취하지 않고는 지날 수 없다는 것이 규정이다.

아치 밑에는 신혼부부가 서 있다. 모든 부부는 새롭게 변모하지 않으면 안 된다. 신혼부부는 아름다워야 한다. 새롭고 아름다운 부부는 행복해야 한다. 그들은 이 아치 밑에 서서 그들이 맞아들이는 손님들에게 자신의 행복의 일부를 나누어주고, 배웅하는 친구들에게 행복의 일부를 나누어주어야 한다. 남은 행복으로 부부가 검은 머리가 하얗게 셀 때까지 오래도록 서로에게 빠져들어야 한다. 이럴 때 부부는 새롭고 또 아름다운 것이다.

남자는 검은색 상의에 줄무늬 바지를 입었다. 이따금 눈을 무색케 할 만큼 흰 손수건이 검은색 상의의 가슴 부근에 떠다닌다. 여자는 가문(家紋)이 새겨진 예식용 옷을 입었다. 옷자락을 장식한 무늬의 화려

1 지금의 와카야마 현과 미에 현에 해당하는 지역의 옛 이름으로 기이(紀伊) 혹은 기슈(紀州)라고도 한다.

함 속에 뚜렷이 드러나는 날씬한 상반신이 뛰어나다. 비너스는 파도에서 태어났다. 이 여자는 옷자락의 무늬에서 태어났다.

햇살은 밝게 여인의 목덜미에 쏟아져서 매끈한 목 앞쪽에 아련한 그림자를 남긴다. 옆에서 보면 그 그림자는 사라질 듯 점점 옅어져서 뚜렷하고 부드러운 윤곽으로 마무리된다. 그 위에 자줏빛으로 휘감긴 것은 한 덩어리의 검은 머리카락을 묶으면서도 이마 끝에 띄워져 있다. 금빛 바탕에 진홍색 칠보를 아로새긴 누보 양식의 떨잠이 자주색 그림자에서 얼굴만 내밀고 있다.

사랑은 딱딱한 것을 싫어한다. 사랑은 모든 단단함을 녹이지 않으면 안 된다. 여자의 눈에 반짝이는 빛은 빛 그 자체가 녹아버린 모습이다. 신비로운 선경(仙境)에서 두 눈동자 속에 감돌다가 시야에 들어오는 만물을 황홀경에 노닐게 한다. 초대된 손님은 넋을 잃고 정원으로 들어선다.

"다카야나기 씨는 오시는 건가요?"

여자가 조그만 목소리로 묻는다.

"네?"

남자는 귀를 가까이 대면서 묻는다. 정원 안에서는 악대가 에치고지시(越後獅子)²를 연주하고 있다. 손님은 반 이상 모였다. 부부는 이제 안으로 들어가 손님을 맞아야 한다.

"그렇군요. 잊고 있었네요."

남자가 말한다.

"이제 손님들도 대부분 오셨기 때문에 저쪽으로 가야 해요."

2 니가타 현의 사자춤. 정초에 어린이들이 사자탈에 굽이 높은 나막신을 신고 춤을 추면서 어른들에게 돈을 타내는데, 여기서는 이 사자춤의 배경 음악을 악대가 연주하고 있다는 의미다.

"그렇군요. 이제 가는 게 좋겠네요. 하지만 다카야나기가 오면 사정이 딱하게 되어서……"

"여기에 계시지 않으면 말인가요?"

"음, 그 친구는 내가 이곳에 없다는 것을 알면 문 앞까지 왔다가도 되돌아갈 거예요."

"왜요?"

"왜냐고요? 이런 곳엔 와본 적이 없기 때문이죠. 철저하게 외톨이니까. 어쨌든 저 아치를 통과해 안쪽으로 들어오게 하지 않으면 안심할 수 없어요."

"오시겠지요?"

"오겠지요. 일부러 가서 부탁했으니까요. 싫어도 온다고 약속을 하면 오지 않고는 견디지 못하는 친구니까요."

"싫어하시는 걸까요?"

"그렇게 싫어할 일도 아닌데 결국 쑥스러워서 그러는 거죠."

"호호호. 참 묘한 분이군요."

쑥스러워하는 것은 자신이 없기 때문이다. 자신이 없는 것은 사람들이 바보 취급한다고 생각하기 때문이다. 나카노 군은 그저 쑥스러워하기 때문이라고 말한다. 부인은 그저 묘한 사람이라고 생각한다. 이 부부는 자기들이 쑥스러워했던 일들을 잊고 있다. 이 부부의 경계 안에 존재하는 사람들은 아무리 쑥스러움을 타는 천성을 타고났어도 쑥스러워하지 않고 생을 마칠 수 있다.

"오신다면 이곳에 있어주는 편이 좋겠지요?"

"오는 것은 보증해요. 여기서 잠깐 기다리죠. 안쪽에는 부모님을 비롯해서 많이 계시니까요."

사랑은 선인(善人)이다. 선인은 자신의 친구를 위해 자기 집안의 불편을 감수해야 한다. 부부는 다카야나기 군을 위해 아치 아래에서 기다리고 있다. 다카야나기 군은 이제 반드시 와야 한다.

마차나 인력거를 타고 온 손님 사이에서 오직 한 사람 다카야나기 군만이 비틀거리는 걸음걸이로 적지로 다가온다. 바다와도 같은 화기애애한 가든파티, 신혼부부의 얼굴에 가득한 웃음의 파도에 취해 자신도 모르게 행복에 동화되는 가든파티…… 가는 세월을 잠시 봄으로 되돌려 밝은 햇살 아래에서 어두운 면을 모두 잊게 만드는 가든파티는 다카야나기 군에게는 적지임에 틀림이 없다.

부와 권세와 자신감과 만족감이 발호하는 곳은 동반구 서반구 할 것 없이 다카야나기 군에게는 모두 적지다. 다카야나기 군은 아치 아래에 선 신혼부부를 열 발자국 떨어진 곳에서 바라보고도 이 사람들이 자신의 친구라고 분명히 알아보지 못했다. 적잖은 불편함을 감수하면서까지 다카야나기 군을 기다리고 있던 부부의 눈에 그의 모습이 언뜻 비쳤을 때, 분명히 기다리고 있었음에도 불구하고 자신들이 기다린 보람이 있는 손님이라고는 부부 모두 생각지 않았다. 우정의 3분의 1은 복장이 담당하는 것이다. 머릿속으로 생각했던 친구와 눈앞에 나타난 친구는 상당히 다르다. 다카야나기 군의 복장은 오늘 온 손님 중에서 가장 초라한 차림이었다. 사랑은 사치다. 아름다움에서 벗어난 것은 그 존재 가치를 인정받지 못한다. 여자는 더욱 그 가치를 인정받지 못한다.

부부가 다카야나기 군과 얼굴을 마주쳤을 때 부부는 '이 사람은?' 하고 생각했다. 다카야나기 군이 이 부부와 얼굴을 마주쳤을 때도 똑같이 '이 사람은?' 하고 생각했다.

세상은 '이 사람은?' 하고 생각하는 순간 돌이킬 수 없는 것이다. 다카야나기 군은 비틀거리며 들어선다. 부부의 가슴에 문득 떠오른 '이 사람은?' 하는 생각은 곧 사랑의 빛에 그 모습을 감춘다.

"이거 잘 와주었군. 너무 늦어서 무슨 일이라도 생긴 게 아닌가 걱정하던 참이네."

조금의 거짓도 없는 사실이다. 단 '이 사람은?' 하고 생각했던 것만이 생략되었을 뿐이다.

"빨리 오려고 했는데 그만 일이 생겨서……"

이것도 사실이다. 그러나 역시 '이 사람은?'이 생략되었다. 인간의 교제에는 항상 '이 사람은?'이 생략된다. 생략된 '이 사람은?'이 거듭되면 싸움도 하지 않고 절교를 하게 된다. 사이좋은 부부, 사이좋은 친구가 마음속에 '이 사람은? 이 사람은?'을 조금씩 거듭해가다 보면 결국 서로에게 정나미가 떨어지게 된다.

"이 사람이 내 아내야"라고 소개한다. 외톨이에게 아름다운 아내를 소개하는 것은 호의에서 출발한 죄악이다. 사랑의 빛을 쬔 사람은 기쁨이 만연하여 이런 일에 개의치 않는다.

친구의 아내는 아무 말도 하지 않고 다소곳이 고개를 숙였다. 다카야나기 군은 그저 멍하다.

"자아, 저쪽으로…… 나도 함께 가야겠군" 하면서 걸음을 떼어놓는다. 20미터 정도 가서 부부는 곧 반백의 영감에게 붙잡혔다.

"이야, 정말 멋진 정원이로군요. 이렇게 넓을 줄은 생각도 못했는데…… 이번이 처음 오는 거라서요. 아버님에게 가끔 초대를 받기도 했지만 하필이면 그때마다 일이 생겨서…… 이 정도로 잘 가꾼 정원이라니. 정말 좋군요."

반백의 영감은 말하면서 좀처럼 움직이질 않는다. 그런 참에 또 두 세 명이 다가온다. "정말 멋진 곳이로군." "이게 전부 몇 평입니까?" "나도 이 근처를 눈여겨보고 있었습니다만" 하고 말하면서 신혼부부를 둘러싸버린다. 다카야나기 군은 망연자실해서 중심에서 벗어난 곳에 서 있다.

그러자 저쪽에서 어깨띠를 두른 여자가 달려와서 갑자기 시오제[3]의 이쓰쓰문[4]을 입은 여자를 붙잡았다.

"이쪽으로 와봐!"

"그쪽엔 또 왜? 이미 다른 곳에서 먹을 건 모두 먹었는데."

"너무하네. 사람을 이렇게 이곳저곳 뛰어다니게 해놓고."

"뭐 맛있는 것도 별로 없는데."

"있어. 그러니까 이쪽으로 오라는 거잖아."

죽죽 끌어당긴다. 시오제는 소중한 하오리여서 할 수 없이 질질 끌려가다가 도중에 다카야나기 군과 부딪쳤다. 시오제는 놀라서 뒤를 돌아다볼 때까지는 실수를 해서 죄송하다는 면상을 하고 있었지만, 다카야나기 군의 얼굴과 차림새를 보자마자 갑자기 표정을 바꿨다.

"이거 참."

업신여기듯 말하고는 그 자리에 서서 보고 있다.

"어서 들어와. 괜찮으니까 안으로 들어와. 상관없다니까."

여자는 다카야나기 군을 곁눈질하며 시오제를 끌고 안으로 들어간다.

다카야나기 군은 천천히 걷기 시작했다. 젊은 부부는 멀찌감치 떨

---

3 날실을 빽빽하게 하고 굵은 씨실을 써서 가로줄을 낸 두꺼운 비단.
4 등과 좌우 소매, 좌우 가슴에 하나씩 모두 다섯 개의 가문(家紋)이 새겨진 하오리나 기모노.

어진 곳에서 사람들에게 둘러싸여 같이 있어줄 수 없다. 잔디밭 한가운데에는 긴 텐트가 쳐져 있다. 안을 살펴보니 어두운 곳에 커다란 국화 화분이 나란히 장식되어 있다. 요즘에도 이런 국화가 있나 하고 생각한다. 수백 개의 희고 긴 꽃잎이 중심에서 사방으로 뻗어 있고, 뻗어 있는 꽃잎의 가장자리가 또 제멋대로 젖혀져 자태를 한껏 뽐내고 있다. 노란 꽃잎이 겹을 이루며 서로 얼싸안듯 안으로 모여들어 마치한가운데에 중요한 것을 지키려는 듯이, 소복하고 둥글게 되어 있는 것도 있다. 소나무를 심어놓은 화분도 보인다. 사과를 수북이 쌓은 칠보 소반이 하얀 식탁보 위에 선명하게 보인다. 사과의 볼이 어둠 속에서도 빛을 내고 있다. 귤을 담은 큰 접시도 있다. 주변에서 깔깔거리는 웃음소리가 난다. 놀라 뒤를 돌아다보니 실크 모자를 눌러쓴 두 명의 젊은 남자가 같이 싱글벙글하고 있다.

"묘하군. 정말."

한 명이 이렇게 말한다.

"희귀한 일이야. 정말 시골뜨기야."

다른 한 사람이 말한다.

다카야나기 군은 꼼짝 않고 두 사람을 바라보았다. 한 사람은 가슴부근이 좁은 맵시 있는 조끼를 입고, 오른손 엄지손가락을 조끼 주머니에 찌른 채로 젠체하고 있다. 다른 한 사람은 가는 지팡이에 몸을 기댄 상태에서 고무 구두의 오른쪽 발부리를 세워 땅바닥을 쿡쿡 찌르며 왼발만으로 가늘고 긴 몸의 중심을 지탱하고 있었다.

"마치 웨이터 같군."

한쪽 다리가 말한다. 다카야나기 군은 자신에 관해 말하고 있나 하고 생각했다. 그러자 조끼가 말했다.

"참…… 가든파티에 연미복을 입고 오다니. 서양에 가보지 않았다고 해도 그 정도는 알아야 하는 것 아냐?"

상대방이 이렇게 맞장구를 친다. 반대편을 바라보니 정말 연미복을 입은 사람이 있다. 게다가 두 사람이 한데 모여 뭔가 이야기를 나누고 있다. 유유상종이라고 하는 것이겠지. 다카야나기 군은 가까스로 저걸 비웃는구나 하고 깨달았다. 그러나 가든파티에 연미복이 왜 적당하지 않은지는 도저히 생각해낼 수 없었다.

잔디밭 끝 갈대밭 쪽에 설치된 무대에서는 누군가 끊임없이 뭔가를 하고 있다. 정면에는 붉은색과 흰색 막으로 차양을 쳤고, 그 안쪽에는 붉은색 양탄자를 깐 긴 받침대를 놓았다. 그 위에 샤미센을 안고 있는 여자가 세 명, 빈손인 사람이 두 명 늘어서 있다. 샤미센을 연주하는 사람과 노래를 부르는 사람으로 역할이 나뉜 모양이다. 무대 한가운데에서는 금종이로 만든 에보시(烏帽子)⁵를 쓰고 얼굴을 새하얗게 칠한 여자가 장대 비슷한 것을 갖고 놀기도 하고, 그걸 떨어뜨리기도 하고, 부채를 펼쳤다 접기도 하고, 길고 붉은 소매를 머리 위로 치켜 올리기도 하고 내리기도 하면서 끊임없이 몸을 움직이고 있었다. 종이에 먹으로 시커멓게 아사쓰마부네(朝妻船)⁶라고 써 붙여놓았기 때문에 대충 아사쓰마부네라는 곡일 것이라고 생각하며 다카야나기 군은 조금 뒤쪽에서 기가 죽어 물끄러미 보고 있다.

무대를 왼쪽으로 돌아가면 화강암 다리가 있다. 다리의 반대편인 쓰키야마(築山)⁷ 근처에는 소나무가 많다. 소나무 사이로 포럼 같은

5 옛날 일본에서 성인례를 치른 공가(公家)나 무사가 머리에 쓰던 두건의 일종. 지금도 신사의 신관이 쓴다.
6 에도 시대에 만들어진 노래의 하나.
7 정원 등을 꾸미기 위해 만든 산의 모형물인 가산(假山)을 말한다.

것이 나풀나풀 흔들리는 게 보인다. 그 안에서 여자가 키득거리며 웃고 있다. 다리를 건너려던 다카야나기 군은 다시 돌아왔다. 악대가 일제히 정원의 분위기를 바꾼다.

천천히 텐트가 있는 곳까지 돌아온다. 이번에는 그 안을 엿보는 행동은 하지 않기로 했다. 안에선 사람들이 왁자지껄 떠들어대고 있다. 입구 쪽으로 들어가 보니 사람으로 가득하고 접시 부딪치는 소리가 계속 들려온다. 젊은 부부는 어디 있는지 보이지 않는다.

잠시 안쪽의 움직임에 귀를 기울이고 있는데 갑자기 만세 소리가 들린다. 악대 소리는 그쳤다. 돌다리 반대편에서 만세 소리가 대답처럼 들려온다. 길 잃은 아이의 만세 소리였다. 다카야나기 군은 천천히 잘못 찾아온 손님처럼 텐트 안으로 들어갔다.

접시를 높이 쳐들고 사람들 사이를 헤치고 오는 사람이 있다.

"자, 이리 와. 아직 뭔가 남았지만 사람들로 너무 혼잡해서 쉽게 손이 닿지는 않아"라고 말한다. 다카야나기 군은 이 말이 자신에게 하는 말 치고는 상대의 시선이 이상하다고 생각했는데, 뒤쪽에서 "고맙군" 하는 시원스런 소리가 들려온다. 열일고여덟 살쯤 되어 보이고 복숭아색 지리멘[8]에 가문이 새겨진 옷을 입은 아가씨가 접시를 받아든 채서 있다.

옆에 서 있던 신사가 텐트 구석에서 다리 하나짜리 의자를 가져왔다.

"자, 이 위에 올려놔"라고 말하며 아가씨 앞에 놓는다. 다카야나기 군은 2미터쯤 왼쪽으로 이동한다. 텐트 기둥에 기대선 채 양복과 기모노가 담배를 피우고 있다.

"엽궐련은 끊었나?"

8 바탕이 오글오글하게 된 평직 비단.

"음, 머리에 좋지 않다고 해서. 하지만 그걸 피우기 시작하면 뭐랄까, 궐련은 도저히 피울 수 없지. 아무리 좋은 거라도 소용없어."

"그야 그만큼 비싸니까 그렇겠지. 한 개비에 30전과 3전은 비교가되지 않으니까."

"자넨 뭘 피우는데?"

"이걸 한번 피워보게."

양복이 악어가죽으로 된 담뱃갑에서 두꺼운 궐련을 꺼낸다.

"역시 이집트 궐련[9]이로군. 이건 백 개비에 5, 6엔은 하지?"

"싼 것에 비해 맛은 괜찮은 편이지."

"그래? 그럼 나도 이걸로라도 시작해볼까? 이거면 하루에 스무 개비씩 피워도 20엔 정도면 되겠군."

20엔이라면 다카야나기 군의 한 달 수입이다. 이 신사는 다카야나기 군의 한 달 수입 전부를 연기로 날려버릴 작정이다. 다카야나기 군은 또 왼쪽으로 1미터쯤 이동했다. 두세 사람이 이야기를 나누고 있다.

"지난번에 말일세. 노조에(野添)가 그 인공비료회사를 세워서……"

대머리에 코가 낮은 데다 금니를 한 남자가 말한다.

"음, 그건 성공했지. 아주 잘했지."

검고 사각이어서 마치 담뱃갑 쇠장식 같아 보이는 얼굴이 말한다.

"자네도 그 주식 소유자에 이름을 올렸더군."

아까 나카노 군을 도중에 붙잡았던 반백의 영감이 이렇게 말한다.

"그게 말이지."

이번에는 대머리 차례다.

"노조에가 이번에 어떻습니까? 제 주식을 좀 사주시지요, 라고 말

9 이집트 산 담뱃잎으로 만든 영국제 궐련.

해 뭐 이번에는 됐네, 라고 거절했지. 그런데 노조에가 그렇게 말씀하시지 말고 5백 주라도 좋으니 사달라고 하면서, 실은 이미 내 이름을 주주로 올려놓았으니 그렇게 알라고 말하더군. 귀찮아서 그럼 그렇게 해두라고 말하고 규슈로 갔지. 그리고 2주 뒤에 회사에 나가보니 서기(書記)가 노조에 씨의 주식이 상당히 올랐습니다. 50엔짜리 주식이 65엔이 되었습니다. 합계 3만 2천5백 엔이 되었습니다, 라고 말하더군."

"그거 참 잘됐군. 실은 나도 좀 투자할까 생각하고 있었는데."

사각형이 말했다.

"정말 뜻밖의 결과였어. 그렇게 짧은 시간에 그렇게 많이 오를 줄은 생각지도 못했지."

반백의 영감이 계속 반백 머리를 매만진다.

"좀 더 과감하게 내 이름으로 많이 사두었으면 좋았을 텐데."

대머리는 3만 2천5백 엔에 그쳤다는 걸 아쉬워하고 있었다.

다카야나기 군은 쭈뼛쭈뼛 세 사람 옆을 빠져나갔다. 젊은 부부에게 인사하고 빨리 돌아가고 싶어 주변을 둘러보니 두 사람은 가장 안쪽에서 검은 프록코트와 오색 소매에 둘러싸여 있어 좀처럼 다가갈 수 있을 것 같지 않았다. 식탁에는 마침내 사람들의 숫자가 줄었다. 그러나 남아 있는 음식은 거의 없다.

"나올 수 있겠나?"라는 소리가 들렸다. 센다이히라[10]를 땅에 질질 끌며 흰 버선에 쥐색 끈 셋타[11]를 초라하게 내비치는 서른 살가량의

---

10 센다이(仙台) 특산 하카마 감으로 정교하게 짠 최상급의 견직물.

11 죽순 껍질로 엮은 바닥에 가죽을 댄 신발. 나중에는 굽에 납작한 쇳조각을 박는 것이 유행했다.

남자다.

"어제는 스사키의 다네다 댁 별장에 초대되어 오리 사냥을 했네."

머리를 짧게 깎은 가무잡잡한 사람이 대답했다.

"오리 사냥은 너무 이르지 않은가?"

"지금이 좋은 철이지. 열 마리 정도 잡았네. 내가 열 마리, 오오타니가 일곱 마리, 가세와 야마노우치가 여덟 마리씩."

"그럼 자네가 1등이군?"

"아니야. 사이토는 열다섯 마리야."

"그래?"

센다이히라는 감탄하고 있다.

많은 사람 중에서 졸업 동기생은 대여섯 명밖에 보이지 않는다. 게다가 그다지 친하지 않은 녀석들만 있다. 다카야나기 군은 간단한 인사만 나누고 별로 대화를 나누지 않았지만, 지금 이런 상태가 되고 보니 그들이 그리웠다. 어딘가에 그들이 있지 않을까 생각하면서 주변을 둘러보았으나 그림자조차 보이지 않는다. 어쩌면 집에 돌아갔을지도 모를 일이다. 자신도 돌아갈 시간이다.

주객(主客)은 하나다. 주인을 떠난 손님은 없고, 손님을 떠난 주인은 없다. 우리가 주체와 객체의 경계를 분명하게 나누는 것은 생존상의 편의 때문이다. 형태를 떠난 색깔은 없으며, 색깔을 떠난 형태는 없는데 구태여 나누는 편의. 착상을 떠난 기교는 없으며, 기교를 떠난 착상도 없음에도 잠시 둘로 나눠보는 편의와 마찬가지다. 이런 차별적인 기준을 세우려고 할 때, 우리는 하나의 미로로 들어간다. 그러나 생존은 인생의 목적이기에 생존에 편의를 제공하는 이런 미로에 점점 더 깊이 들어가면 들어갈수록 나오는 것은 점점 더 어려워질 수도 있다. 오로지 생존욕구를 한시라도 빨리 제거해야만 이런 방황을 끝낼 수 있다. 다카야나기 군은 이런 욕구를 한순간도 제거할 수 없는 남자다. 따라서 주객을 아주 좁은 범위에서라도 일치시키는 것이 어려운 남자다. 주인은 주인, 손님은 손님이라는 생각에 철저하게 집착해 만약 자신보다 여러모로 나아 보이는 손님을 만날 때면, 사방팔방에서 무형의 도검(刀劍)을 휘둘러 자신을 때려눕히는 듯한 기분이 든다. 다카야나기 군은 가든파티에서 홀로 적에게 포위당한 채 고립된 처지였다.

비틀거리며 아치를 통해 안으로 들어왔던 다카야나기 군은 다시 비틀거리며 아치를 통해 밖으로 나가야 한다. 멀리서 되돌아보니 푸른 삼나무 원 안쪽으로 텐트가 작게 보인다. 텐트 안쪽에서 아름다운 기모노가 한데 모여 나타났다. 그 사람들 중에 젊은 부부도 섞여 있을 것이다.

부부는 다카야나기를 찾고 있다.

"그런데 다카야나기 씨는 어찌 된 일이죠? 당신 그 뒤로 본 적 있어요?"

"못 봤어요. 당신은요?"

"나 역시 보지 못했어요."

"벌써 집에 돌아간 걸까요?"

"그럴지도 모르죠. 하지만 가더라도 떠나기 전에 내게 와서 간다고 말이라도 하고 갈 텐데."

"왜 사람들이 모여 있는 곳에 들어오지 않았을까요?"

"그렇게 처신하면 손해만 볼 텐데. 그 친구는 혼자 있는 게 왠지 불쾌했을 거예요. 불쾌하다면 밖으로 나오면 되는데 말이에요. 점점 숨어버리고 말아요. 가엾은 친구!"

"모처럼 유쾌하게 만들어주려고 초대를 했는데 말이죠."

"오늘은 얼굴빛이 특히 좋지 않더군요."

"틀림없이 병이 있는 거예요."

"역시 외톨이기 때문에 얼굴빛이 좋지 않은 거예요."

다카야나기 군은 인파 속을 걸으며 오싹하니 오한을 느끼기 시작했다.

10

도야 선생은 긴 얼굴을 더욱 늘어뜨리고 검게 그을린 대나무 화로를 안고 있다. 바깥에는 초겨울의 찬바람이 분다.

"여보!"

곁방에서 아내가 나온다. 남편을 부른다. 명주로 짠 하오리의 깃이 접혀 있지 않다.

"왜?"

남편이 그쪽으로 얼굴을 돌린다. 책상 앞에 있으면서 하루 종일 초겨울 바람을 쐰 것처럼 보인다.

"책은 팔렸어요?"

"아직 팔리지 않았어."

"한 달 정도 있으면 1, 2백 엔이 들어온다고 했잖아요?"

"음, 그랬지. 그런 말을 한 건 분명하지만 책이 팔리지 않았어."

"곤란하다는 생각 들지 않아요?"

"곤란하지. 당신보다 내가 더 곤란해. 곤란하니까 지금 생각하고 있어."

"그렇지만 당신이 그 고생을 하면서 3백 매나 쓴 원고를……"

"3백 매가 아니라 435페이지야."

"그런데 왜 팔리지 않는 걸까요?"

"역시 불경기 때문이겠지."

"때문이겠지, 라는 말은 정말 곤란해요. 어떻게든 안 될까요?"

"난메이도(南溟堂)에 가지고 갔을 때는 유명한 사람의 서문이 있으면 가능하다고 하길래 아다치라면 대학교수니까 좋겠지 하는 생각이 들어 부탁했지. 책도 빚과 마찬가지로 보증인이 없으면 안 돼."

"빚을 얻으려면 보증인도 필요하겠지만……"

아내는 머리카락에 집게손가락을 넣고 긁적긁적 긁는다. 속발이 흔들린다. 도야는 그 머리를 보고 있다.

"요즘 책은 빚과 마찬가지야. 신용이 없는 사람은 연대책임을 질 사람이 없으면 출판이 불가능하지."

"정말 한심하군요. 그토록 밤늦게까지 일을 해서……"

"그건 출판사가 알 바 아니지."

"출판사야 모르겠지요. 그렇지만 당신은 알고 계시잖아요."

"하하하. 나야 알고 있지. 당신도 알고 있잖아."

"알고 있기 때문에 하는 말이에요."

"그렇게 말해봤자 신용이 없기 때문에 달리 방법이 없어."

"그래서 어떻게 하실 건데요?"

"그래서 아다치에게 원고를 갖고 간 거야."

"아다치 씨가 서문을 써준다고 하셨어요?"

"음, 써줄 것 같아서 원고를 두고 왔더니 나중에 쓸 수 없다고 거절하더군."

"왜 그랬을까요?"

"왜 그랬는지는 모르겠어. 싫은가보지."

"그러면 당신은 그대로 내버려둘 생각이에요?"

"음, 써주지 않겠다는 걸 무리하게 부탁할 필요는 없지."

"그럼 우리가 곤란해지잖아요. 지난번에 형님의 도장을 찍어서 빌린 돈도 기한이 다 되었으니까요."

"나도 그걸 메우려고 했지만 팔리지 않으니 달리 방법이 없네."

"바보 같군요. 무엇 때문에 그 고생을 했는지 모르겠어요."

도야 선생은 화로 속의 석탄을 부젓가락 끝으로 쿡쿡 찌르며 "당신 입장에서 보면 바보 같겠지"라고 말했다. 아내는 입을 다물어버린다. 휙휙 초겨울 바람이 분다. 현관 장지문의 찢어진 곳에서 마치 연이 윙윙거리는 것처럼 소리가 울린다.

"당신은 언제까지 이렇게 살 건가요?"

아내가 별 도리 없이 묻는다.

"언제까지일지 아무 생각도 없어. 먹고살 수 있다면 언제까지나 이렇게 산다고 해도 나쁠 것은 없지 않나?"

"입만 열었다 하면 먹고살 수만 있으면, 먹고살 수만 있으면, 말씀하시지만, 지금은 어떻게든 먹고살아가는 건 가능하다고 해도 지금 있는 돈이 떨어지면 정말 먹을 게 없어져요."

"뭐 그리 걱정할 게 있나?"

아내는 불끈 화가 난 상태다.

"당신은 정말 생각이 없는 분이로군요? 편하게 살 수 있는 교사 자리는 전부 마다하고 이렇게 글을 써서 살아보겠다고 고집을 부리는 게 말이에요."

"바로 그 말대로야. 글을 써서 살아볼 작정이야. 당신도 그런 마음가짐으로 살아야 해."

"먹고살 수 있다면 저 역시 그럴 작정이에요. 저도 아내예요. 당신이 좋아서 하는 일에 대해 이러쿵저러쿵 말참견은 하고 싶지 않아요."

"그럼 그걸로 된 거 아냐?"

"그렇지만 먹고살 수가 없잖아요."

"먹고살 수 있어."

"어지간하네요, 당신도. 실제로 교사를 하고 있을 때가 편하고 지금이 훨씬 고통스럽지 않아요? 당신은 역시 교사가 어울려요. 글을 쓰는 건 당신 성품에 맞지 않아요."

"그런 걸 잘도 아는군."

아내는 머리를 숙이고 옷자락에서 종이를 꺼내 쿵 하고 코를 푼다.

"저뿐이 아니에요. 형님도 그런 말씀을 하시잖아요."

"당신은 형이 말하는 건 철석같이 믿는 모양이군."

"그게 뭐 나빠요? 형님인걸. 그리고 저렇게 훌륭하게 살아가고 계시니까요."

"그런가?"

이렇게 말하고 도야 선생은 화로의 재를 공들여 뒤적인다. 그 안에서 6센티미터 크기의 못이 재투성이가 되어 있다. 도야 선생은 휘어진 놋쇠로 된 부젓가락으로 못을 집어 한쪽 손으로 장지문을 열고 정원으로 휙 집어던진다.

정원에는 아무것도 없다. 파초가 토막토막 잘려 갈색으로 변해서 선채로 죽어 있다. 바닥에는 파초의 껍질이 벗겨져 멍석을 펼쳐놓은 듯이 몸을 젖히고 있다. 도야 선생은 정원을 바라보면서 혼잣말을 했다.

"굉장한 바람이 분 모양이군."

"다시 한 번 아다치 씨에게 부탁해보는 건 어때요?"

"싫다는 걸 부탁해본다고 될 턱이 있겠어?"

"당신은 그래서 곤란해요. 그만큼 뛰어난 사람이라면 어차피 쉽사리 써주지는 않을 게 뻔하잖아요."

"그만큼 뛰어난 사람이라면? 그건 아다치를 말하는 거야?"

"그거야 당신도 뛰어난 분이기는 하죠. 그러나 상대는 좌우지간 대학교 선생이니까 일단 머리를 숙여도 손해가 될 일은 없을 거예요."

"그런가? 그럼 분부에 따라서 다시 한 번 부탁해보지. 그런데 지금 몇 시지? 아, 이거 큰일이로군. 회사에 가서 교정을 봐야 하는데. 하카마 좀 꺼내줘."

도야 선생은 예의 그 갈색 세로줄무늬 비단옷을 입고 초겨울 바람에 펄럭여가면서 표연히 집을 나섰다. 마루의 시계가 댕댕 하며 2시를 알린다.

'마음속 생각 쌓였다가 무너지는 숯불인가'라는 시구가 있는데 아내는 아마도 모를 것이다. 아내는 도야 선생의 대나무 화로 앞에 가서 화로 속을 둥글고 평평하게 고르고 있다. 둥근 화로이기 때문에 둥글게 고른다. 만일 화로가 각이 져 있다면 각이 지게 골랐을 것이다. 여자는 부여받은 것을 올바른 것이라고 생각한다. 그 안에서 별일 없이 살아가는 것이 최고의 선(善)이라고 이해한다. 여자는 6각 화로를 주든 8각 화로를 주든 그저 6각이나 8각으로 재를 고를 뿐이다. 그들은 그 이상의 식견이 없다.

서 있지도 못하고 앉아 있지도 못한다. 아내의 허리는 공중에 떠서 무릎 관절이 화로에 붙어 있다. 앉기에는 자리가 없고 서서는 생각할 수 없다. 아내의 자세는 어정쩡하고, 아내의 마음도 어정쩡하다.

생각해보니 시집온 것 자체가 잘못되었다. 딸이었을 때가 얼마나 편하고 재미있었는지 모른다. 아내가 된다는 것이 이런 것이라고 누군가 가르쳐주었다면 시집오기 전에 그만두었을 것이다. 남편의 부모 역시 아주 친절한 분이었기 때문에, 남편 또한 내세까지 변해서는 안 된다는 부부의 규율에도 나와 있듯이 아낌없이 사랑해주겠지, 또 분명하게 그런 약속을 받고 그날을 마지막으로 정든 집을 떠났다. 그날을 마지막으로 떠나온 집에는 두 번 다시 돌아갈 수 없다. 돌아가려 해도 부모님은 이미 돌아가셨다. 자신이 소중하게 대접받을 것이라는 기대는 어그러지고, 자신을 귀여워해주던 사람은 이제 이 세상에 존재하지 않는다.

아내는 붉은 알탄에 생긴 재의 겉부분을 얇게 걷어내고 부젓가락 끝으로 툭툭 치기 시작했다. 숯불이라면 흐트러뜨려도 다시 쌓을 수 있다. 툭툭 쳐버린 알탄은 부서져버리면 원래의 둥근 형태로 되돌아가기는 어렵다. 아내는 이런 이치를 깨달은 것일까? 끊임없이 툭툭 치고 있다.

지금 생각해보니 시집올 때 품었던 각오부터가 잘못되었다. 자신이 시집을 온 것은 자신을 위해서였다. 남편을 위해서라는 생각은 조금도 하지 않았다. 자신이 행복해지기 위해 혼례의 축배를 들었던 것이다. 아버지, 어머니도 그런 생각으로 〈다카사고(高砂)〉[1]를 들었음에 틀림없다. 하지만 모든 것이 생각과는 전혀 달랐다. 이 상황을 아버지,

---

1 요쿄쿠의 곡명. 스미요시(住吉)의 소나무와 다카사고의 소나무가 부부라는 전설을 소재로 하여 천하태평을 축복하는 내용. 혼례 등 경사스러운 자리에서 흔히 불린다.

어머니에게 이야기했다면 틀림없이 도야가 괘씸하다고 화를 냈을 것이다. 자신 역시 속으로는 화를 내고 있다.

도야는 남편을 뒷바라지하는 것이 아내의 역할이라고 생각하고 있는 듯하다. 그건 오히려 이쪽에서 하고 싶은 말이다. 여자는 연약하고 나이도 어리기 때문에 남편의 보살핌을 받아야 한다. 남편을 돌보는 것 이상으로 남편의 보살핌을 받아야 한다. 그래서 남편에게 자신이 말하는 대로 행동하라고 말한다. 남편은 결코 이런 말을 받아들인 적이 없다. 가정의 생애는 오히려 아내의 생애이다. 도야는 남편의 생애라고 이해하고 있는 듯하다. 그렇기 때문에 잠잠해지지 않는다. 세상의 남편은 모두 도야와 비슷한 사람일지도 모른다. 모두 도야 같다면 앞으로 결혼하는 여자는 점점 줄어들 것이다. 줄지 않는 것을 보면 다른 남편들은 남편답게 하고 있음에 틀림없다. 넓은 세상에서 자신 혼자만 이런 생각을 하고 있다는 생각이 드니 일생이 불행이다. 어차피 이렇게 시집을 온 상태에서 밖으로 뛰쳐나갈 수는 없다. 그러나 함께 사는 남편이 이런 상태라면 임종할 때까지 자신이 정말 아내라는 기분은 생기지 않을 듯하다. 이건 어떻게든 하지 않으면 안 된다. 어떻게라도 해서 남편을 자신이 생각하는 대로의 남편으로 만들지 않으면 사는 보람이 없다. 아내는 이렇게 궁리하면서 화로를 만지작거리고 있다. 바람이 마른 파초나무를 불어 넘어뜨릴 기세로 세차게 분다.

문밖에 누군가 찾아왔다. 추워 보이는 얼굴을 현관 장지문에 내미니 도야의 형이 서 있다. 아내는 "어머" 하고 놀란다.

도야의 형은 회사의 임원이다. 그 회사의 사장은 나카노 군의 아버지다. 긴 코트를 현관에서 벗고 다다미방으로 들어온다.

"바람이 제법 부네요."

옅은 사라사[2] 위의 벗겨진 이마를 위로 쓸어 올린다.

"이렇게 추운데 무슨 일로?"

"네네. 오늘은 회사 일이 일찍 끝났기 때문에……"

"댁에 돌아가시는 길이었습니까?"

"아닙니다. 일단 집에 돌아갔다가 옷을 좀 갈아입고 왔습니다. 아무래도 양복은 앉아 있는 것이 갑갑해서……"

형은 명주로 짠, 소맷부리가 좁은 감색 하오리를 입고 있다.

"오늘은 집에 없습니까?"

"네, 조금 전에 외출했습니다. 곧 돌아오겠지요. 편안히 기다리세요."

이 말과 함께 아까 그 화로를 내민다.

"전 신경 쓰시지 않아도 됩니다. 이거 날씨가 꽤 춥군요" 하고 손을 화로에 쬔다.

"연말이 다가오는데 올 한 해도 잘 마무리하셔야죠?"

"네, 고맙습니다. 매년 말이 되면 머리가 아플 정돕니다. 하하하" 하고 웃었다. 세상 사람들은 이상한 일이 일어났을 때만 웃는 게 아니다.

"바쁘실 텐데, 잘 오셨습니다……"

"네, 뭐 그럭저럭 일은 하고 있습니다…… 그런데 도야는 역시 변함이 없습니까?"

"신경 써주셔서 고맙습니다. 이 사람은 단지 바쁘기만 하고……"

"괜찮아지겠죠. 하하하. 참으로 곤란한 사람이로군요. 제수씨! 그 정도로 사리를 잘 모를 거라고는 생각지도 않았는데."

"이렇게 걱정만 끼쳐드렸네요. 저도 이런저런 잔소리를 하고 있습

2 다섯 가지 빛깔을 이용해 인물, 조수(鳥獸), 화목(花木) 또는 기하학적 무늬를 염색한 피륙.

164

니다만, 여자가 하는 말이라고 조금도 받아들이지 않아 정말로 난감합니다."

"그렇겠지요. 내가 하는 말도 잘 듣지 않으니까요. 나도 도야가 옆에 있으면 신경이 쓰여 무심코 이러니저러니 말을 하고 싶어지더군요."

"지당한 말씀입니다. 모두 본인을 위해 말씀을 해주고 계신데……"

"시골에 있다면 그것으로 끝이겠지만, 여기서 이러고 있으면 좀 그렇습니다. 당사자 마음에 들든지 그렇지 않든지 역시 형으로서 의무 때문에요. 무심코 말을 해주고 싶더군요. 그랬더니 조금도 다가오질 않아요. 정말이지 별난 녀석입니다. 점잖게 교사를 하고 있으면 그걸로 좋을 걸 이건 어딜 가나 사람들과 부딪쳐서는……"

"그 점이 정말이지 걱정이에요. 저도 그 문제 때문에 얼마나 고생했는지 몰라요."

"그렇겠지요. 저 역시 그 점은 잘 알고 있습니다."

"고맙습니다. 여러 가지로 폐만 끼쳐드리네요."

"도쿄에 온 뒤부터라도, 이런 한심한 일은 하지 않고도 어떻게든 되었을 것을. 그걸 모처럼 말해주면, 전혀 받아들이질 않아요. 받아들이지 않아도 좋으니까 스스로 알아서 멋지게 살아가면 그걸로 좋을 것을."

"저도 그렇게 말하고 있긴 한데."

"때가 되면 역시 어떻게든 해달라고 말하겠지요."

"참 죄송스럽습니다."

"아닙니다. 제수씨에게 뭐라고 할 생각은 전혀 없습니다. 당사자가 문제죠. 정말 막무가내니까요. 대학을 졸업한 지 7, 8년이나 되어서는 다른 사람의 글을 옮겨 적기나 하고 있으니 그런 사람이 어느 나라에 있겠습니까? 친구인 아다치인가 뭔가는 대학의 선생이 되어 훌륭하게 살아가고 있지 않습니까?"

"스스로는 자신이 아주 훌륭한 줄 알고 있지요."

"하하하. 훌륭한 줄 안다니. 아무리 혼자서 뛰어나다고 해봤자 다른 사람이 상대해주지 않으면 어쩔 수 없지요."

"최근에 뭔가 좀 하고 있다고 생각했는데……"

"뭐라고 말은 하지 않는데, 어쨌든 자꾸 부자나 그런 사람들을 공격하지 않습니까. 바보지요. 그런 걸 해봤자 뭐가 재미있다는 것인지…… 한 푼도 생기지 않고, 사람들에게 배척만 당하잖아요. 결국 자기만 손해볼 뿐이지요."

"사람들이 말하는 것을 좀 들어주면 좋을 텐데요."

"나중에는 사람들에게 폐를 끼치게 되지요. 실은 오늘 회사에서 좀 얼굴을 붉힐 일이 있었습니다. 과장이 나를 부르더니 자네 동생 문젠데, 그 뭐라든가 시라이 도야인가 하는 남자가 무턱대고 불온한 말로 부자들을 공격하고 있다, 좋지 않은 일이다, 자네가 알아서 주의를 좀 주라고 호되게 질책을 당했습니다."

"어머, 어떻게 그런 사실을 알았을까요?"

"그건 보통 회사라는 곳에서는 저마다 탐정을 고용하니까요."

"그래요?"

"뭐 도야 따위가 어떤 글을 쓰든 그런 지위도 없는 사람에게 사람들이 관심을 둘 리는 없지만, 과장에게 이런 이야기를 듣고 나니 그냥 내버려둘 수도 없고 말이죠."

"지당한 말씀입니다."

"그래서 실은 오늘은 이야기를 좀 하려고 왔습니다."

"공교롭게도 외출을 해버려서……"

"뭐 당사자는 없는 편이 오히려 좋습니다. 제수씨와 이야기만이라도 나누면 그걸로 충분합니다. 그래서 여기 오면서 여러 가지를 생각해보았습니다만 어떻게 하는 게 좋을까요?"

"아주버니께서 차분하게 말씀해주셔서 다시 교사로라도 근무하도록 하면 어떨까요?"

"그렇게 되면 좋겠지요. 제수씨도 행복할 것이고 나 역시 안심이 되고요. 그런데 내가 말하는 대로 쉽사리 되는 사람이 아니지요."

"역시 그렇지요. 지금 상태로는 도저히 안 될까요?"

"제 생각으로는 이대로는 도저히 안 됩니다. 그래서 한 가지 방법이 있기는 한데 어떨까요? 스스로 잡지와 신문 일을 그만두고 교사를 하고 싶게 만드는 것은?"

"그렇게 된다면야 저야 정말 고마운 일입니다만, 어떻게 하면 그렇게 될 수 있을까요?"

"저어, 지난번에 도야가 열심히 쓰고 있던 책은 어떻게 되었습니까?"

"아직 그대로 있습니다."

"아직 팔리지 않았습니까?"

"팔릴 수가 없지요. 어느 출판사나 모두 거절했다고 합니다."

"그래요. 그건 팔리지 않는 편이 더 좋습니다."

"네?"

"팔리지 않는 편이 좋습니다. 그리고 지난번에 제가 주선했던 백 엔의 기한이 곧 돌아오지요?"

"이번 달 15일입니다."

"오늘이 11일이니까 12, 13, 14, 15일 이제 4일 남았군요."

"네."

"그 점을 아주 가차 없이 추궁해야겠군요. 실은 제수씨니까 오늘 밝힙니다만, 그 돈은 제가 도장을 찍은 걸로 되어 있습니다만, 사실은 제가 마련한 것입니다. 그렇게 하지 않으면 도야가 너무 안심할 테니까요. 그래서 바로 그 점을 지금 제가 말한 대로 추궁하겠습니다. 뭐 다른 변통이 가능한 곳이 있습니까?"

"아니에요. 전혀 없습니다."

"그럼 됐습니다. 바로 그 점을 하나하나 추궁해나가지요. 아니지요. 난 입을 다물고 보고 있을 겁니다. 문서상의 채권자가 재촉하러 오는 겁니다. 제수씨 역시 입을 다물어야 합니다. 무슨 말을 해도 냉담하게 입을 다물고 있어야 합니다. 절대로 이쪽에서는 한마디도 하면 안 됩니다. 그러면 도야가 아무리 고집이 세다고 해도 견디기 어려울 테니 다시 내게 머리를 숙이러 올 겁니다. 아니 머리를 숙이지 않으면 안 되겠지요. 그렇게 머리를 숙이고 들어왔을 때 이쪽의 의도를 실현시키는 것이지요. 알겠지요? 그렇게 기대오면 내 말을 듣는 게 좋다, 듣지 않으면 상관 않겠다. 이렇게 말하면 도야도 싫다고는 하지 않겠지요. 그때 제가 제수씨도 그렇게나 고생하고 있다, 네가 잡지 같은 데서 허풍만 떨어봐야 아무것도 안 된다, 지금부터 마음가짐을 바꿔 세상에 해가 되지 않는 착실한 직업을 가지라고, 교사가 될 생각이면 직접 이리저리 뛰어다니며 적당한 곳을 알아보라고, 말을 꺼내는 겁니다. 그렇게 하면 분명 우리가 생각한 대로 될 것이라고 생각합니다만, 어떻습니까?"

"그렇게 된다면 저야 얼마나 안심이 될지 모르겠습니다."

"해볼까요?"

"모쪼록 잘 부탁드립니다."

"그럼 그렇게 결정된 걸로 알겠습니다. 또 한 가지가 있군요. 오늘 회사에서 돌아오다 보니 간다(神田)의 세이키칸(清輝館) 앞에 커다란 광고가 있어서 정말 깜짝 놀랐습니다."

"무슨 광고인데요?"

"연설 광고입니다. 연설 광고야 아무렇지도 않지만, 도야가 연설을 한다고 합니다."

"네? 전 전혀 몰랐습니다."

"더욱이 제목이 거창해서 재미있더군요. '현대의 청년에게 고함'이라던가요. 뭐, 그런 녀석이 하는 말을 들으러 오는 청년이 있겠습니까? 하지만 위험합니다. 자포자기 상태가 되어 무슨 말을 할지 모르니까요. 저도 과장에게 충고를 들은 지 얼마 되지 않았기 때문에 곧 회사에 전화를 걸어두었으니까 괜찮겠지만, 왠지 그냥 하게 내버려두고 싶지 않습니다."

"무슨 연설을 할 생각일까요? 그런 걸 하게 되면 또 사람들에게 폐를 끼치게 되겠지요."

"어차피 또 과격한 말을 하겠지요. 무사하게 끝나면 괜찮겠지만 쓸데없는 말을 하게 되면 되돌릴 수 없으니까 문젭니다. 어떻게 해서라도 그만두게 하지 않으면 안 됩니다."

"어떻게 하면 연설을 그만두게 할 수 있을까요?"

"말린다 해도 고집이 세기 때문에 그만둘 리는 없습니다. 역시 속이는 방법 말고는 달리 대책이 없겠지요."

"어떻게 속이면 좋을까요?"

"글쎄요, 내일 그 시각에 내가 급한 일로 만나야 한다고 심부름꾼을 보내면 어떨까요?"

"그렇게 해주세요. 그래서 형님 쪽으로 가도록 해보겠다는 말씀이로군요……"

"듣지 않을지도 모릅니다. 듣지 않는다면 뭐 달리 방법이 없지요."

초겨울날은 이미 어두워졌다. 도야 선생은 바람 부는 가운데 집으로 돌아왔다.

11

오늘도 바람이 분다. 물기 있는 모든 것을 말린 연어처럼 만들 작정인 듯 바람이 분다.

"형님 댁에서 심부름꾼이 왔어요."

아내가 편지를 내민다. 도야는 자리에 앉은 채, 몸을 돌려 편지를 받아든다.

"기다리고 있어?"

"네."

도야는 봉투를 뜯고 편지를 꺼내 읽어 내려간다. 다 읽고 나서는 끝자락부터 말아 다시 봉투에 넣는다. 아무 말도 하지 않는다.

"무슨 급한 일이라도 생긴 거예요?"

도야는 "음"이라고 말하면서 먹을 갈아 무엇인가 술술 답장을 쓰고 있다.

"무슨 일이에요?"

"응? 잠시 기다려. 일단 이걸 써놓고."

답장은 겨우 대여섯 줄이다. 받는 사람 이름을 쓰고 "이걸" 하고 내민다. 부인은 하녀를 불러 편지를 건네준다. 자신은 움직이지 않는다.

"무슨 일이에요?"

"무슨 일인지는 알 수 없어. 그저 볼일이 있으니까 지금 당장 오라고 쓰여 있어."

"가실 거죠?"

"난 갈 수 없어. 뭐하면 당신이 가봐."

"제가요? 전 안 돼요."

"왜?"

"전 여자니까요."

"여자라도 가지 않는 것보다는 낫겠지."

"그렇지만 당신 보고 오라고 써 있잖아요."

"난 갈 수 없어."

"어째서요?"

"지금 나가봐야 해."

"잡지 일이라면 하루 정도 쉬셔도 괜찮겠지요."

"편집 일이라면 괜찮지만 오늘은 연설을 하지 않으면 안 돼."

"연설을? 당신이 말이에요?"

"그래. 내가 하는 거지. 그렇게 놀랄 일은 아니지 않아?"

"이렇게 바람이 부는데, 그만두시는 게 좋을 텐데."

"하하하. 바람이 분다고 연기하는 연설이라면 처음부터 하지도 않아."

"그렇지만 분별없는 일은 하지 않는 편이 좋아요."

"분별없는 일이라니? 뭐가?"

"아니, 연설 같은 건 하시지 않는 편이 당신에게 득이 될 거란 말이에요."

"뭐, 득이 될 일이 있나?"

"나중에 곤란한 일을 겪을지도 모른다고 말씀드리고 있는 거예요."

"묘한 이야기를 하고 있군. 연설을 하면 안 된다고 누가 말한 거야?"

"누가 그런 말을 하겠어요? 그런 말을 하는 사람은 없지만 형님이 이렇게 급한 일이라고 심부름꾼을 보내시니 가시지 않으면 의리 없는 일이 되지 않겠어요?"

"그럼 연설을 그만두지 않으면 안 돼."

"갑자기 사정이 생겼다고 말하고 거절하면 되잖아요."

"이제 와서 그런 의리 없는 짓이 가능하다고 생각해?"

"그러면 형님 쪽에는 의리 없는 짓을 해도 괜찮다고 말씀하시는 거예요?"

"괜찮다고 말한 적은 없어. 그러나 연설회는 이미 이전부터 약속한 일이고…… 더욱이 오늘 연설은 단순한 행사가 아니야. 사람을 구하기 위한 연설회야."

"사람을 구하다니 누굴 구한다는 말이죠?"

"회사 사람인데, 지난번에 전차 사건[1]을 선동한 혐의로 구속된 사람이야. 그 가족이 지금 참혹한 상태에 빠졌는데 차마 눈 뜨고 볼 수가 없을 정도라 이번에 연설회를 열어 그 수입으로 어려움을 겪고 있는 그 가족에게 보낼 계획이야."

"그런 사람의 가족을 구하는 것은 좋은 일이 틀림없지만, 사회주의

---

1 메이지 39년(1906) 여름에 일어난 사건. 도쿄 시의 전차요금 인상을 반대하며 벌인 시위를 말한다.

자라는 오해라도 받게 되면 나중에 곤란하니까……"

"오해받아도 상관없어. 국가주의고 사회주의고 알 게 뭐야? 그저 올바른 길을 걸으면 됐지."

"그렇지만 만일 당신이 그 사람처럼 되었다고 해보세요. 저 역시 그사람의 부인처럼 참혹한 꼴을 당하게 될 거예요. 사람을 구하는 일도 좋지만 저도 조금은 생각해주시면서 행동하셔야죠."

도야 선생은 잠시 깊은 생각에 잠겼다가 이윽고 책상 앞에서 일어나면서, "그런 일은 없을 거야. 그런 바보 같은 일이 어떻게 일어난다는 거야. 도쿠가와 시대도 아니고" 하고 말했다.

예의 그 하카마를 아무렇게나 걸치니 채비는 1분도 걸리지 않았다. 현관으로 나간다. 바람은 여전히 강하게 분다. 도야 선생의 모습은 바람 속으로 사라졌다.

세이키칸의 연설회는 이런 바람 속에서 열렸다.

강연자는 네 명, 청중은 3백여 명이다. 학생이 많다. 청중 속에는 문학사 다카야나기 슈사쿠도 있다. 그는 이 바람 속을 뚫고 목도리로 얼굴을 감싼 채 기침을 하면서 이곳까지 왔다. 10전의 입장료를 지불하고 2층으로 올라갔을 때 넓은 연설회장은 자리가 드문드문 비어 있어 적막감조차 느껴졌다. 그는 남향의 가급적 따뜻해 보이는 곳에 자리를 잡았다. 연설은 이미 시작된 뒤였다.

"……문사(文士) 보호는 독립하기 어려운 문사들이 하는 말이다. 보호는 귀족 시대에나 통하는 말로, 개인 평등의 시대에 이걸 운운한다는 것은 치욕스럽기 짝이 없는 일이다. 물러나서 보호를 받기보다 나아가서 자기에게 적당한 세금을 지불하도록 해야 한다."

이렇게 말하는가 싶더니 어느새 물러간다. 청중은 갈채를 보낸다.

옆에 사쓰마가스리²의 하오리를 입은 학생들이 대화를 나누고 있다.

"지금 말한 사람이 구로다 도요(黑田東陽)인가?"

"응."

"묘한 얼굴이로군. 좀 더 말이 통하는 인물일 거라고 생각했는데."

"보호를 받게 되면 좀 더 인물다운 인물이 될 거야."

다카야나기 군은 두 사람을 바라보았다. 두 사람도 다카야나기 군을 본다.

"어이!"

"뭐야?"

"이상하게 노려보잖아."

"무섭네."

"이번에는 누구 차례야. 봐! 봐! 저기 나왔다!"

"정말 호리호리하군. 이런 바람에 어떻게 나온 거야?"

호리호리한 모습의 도야 선생은 무명옷 차림 그대로 단상에 모습을 드러냈다. 그는 이런 바람 속을 쇠못처럼 꼿꼿이 선 상태에서 온 것이다. 세찬 바람을 맞고 온 그는 바싹 마른 표주박처럼 보인다. 청중들은 일제히 박수를 친다. 박수를 친다는 것이 반드시 갈채의 의미라고 해석할 수 없는 경우도 있다. 외톨이 다카야나기 군만은 숙연하게 옷깃을 여몄다.

"자신은 과거와 미래의 연쇄입니다."

도야 선생의 첫머리는 돌연한 느낌을 주었다. 청중은 불의의 일격을 당했다. 연설을 이런 방식으로 시작하는 경우는 없다.

2 감색 바탕에 흰색 비백(飛白) 무늬가 있는 평직의 류큐 산 면직물. 나중에는 사쓰마에서 산출되었다.

"과거를 미래로 보내는 것을 구파(舊派)라고 하고, 미래를 과거로부터 찾는 것을 신파(新派)라고 합니다."

청중은 더욱더 갈피를 잡지 못했다. 3백여 명의 청중 중에는 도야 선생을 야유할 목적으로 온 사람도 있다. 그들에게 조금의 틈이라도 준다면 도야 선생은 단상에서 놀림감이 될 것이다. 스모는 호흡이다. 호흡을 계산하지 않고 덤비면 오히려 자신이 내팽개쳐질 뿐이다. 그들은 뱀처럼 대가리를 쳐들고 기다리고 있다. 도야 선생의 안중에는 오직 '도(道)'라는 한 글자만 존재할 뿐이다.

"자기 속에 과거가 존재하지 않는다고 말하는 것은 자신의 부모가 존재하지 않는다고 말하는 것과 같고, 자기 속에 미래가 존재하지 않는다고 말하는 것은 자신이 자식을 낳을 능력이 없다고 말하는 것과 같습니다. 내 입장은 이런 점에서 명료합니다. 난 부모를 위해 존재하는가? 난 자식을 위해 존재하는가? 아니면 자기 자신 그 자체를 수립하기 위해 존재하는가? 우리의 생존의 의미는 이 셋 중의 하나를 벗어날 수 없습니다."

청중은 여전히 입을 다물고 있다. 혹은 몽롱한 상태로 듣고 있는지도 모를 일이다. 다카야나기 군은 고개를 끄덕이며 듣고 있다.

"문예부흥은 넓은 의미에서 부모를 위해 존재한 대시기(大時期)입니다. 18세기 말의 고덕의 부활 역시 넓은 의미에서 부모를 위해 존재한 소시기(小時期)입니다. 동시에 이런 흐름은 스콧[3] 일파의 낭만파를 잉태하기 위해 존재한 시기입니다. 곧 자손을 위해 존재한 시기입니다. 자기를 수립하기 위해 존재한 시기의 좋은 예는 엘리자베스 왕조

<hr>

3 월터 스콧(Walter Scott, 1771~1832). 영국의 낭만파 시인으로, 『호상의 미인The Lady of the Lake』 등의 작품을 남겼다.

의 문학입니다. 개인으로 말한다면 입센입니다, 메러디스[4]입니다, 니체입니다, 그리고 브라우닝[5]입니다. 기독교도는 그리스도를 위해 존재하고 있습니다. 그리스도는 옛날 사람입니다. 그렇기 때문에 기독교도는 아버지를 위해 존재하고 있습니다. 유교도는 공자를 위해 살고 있습니다. 공자도 옛날 사람입니다. 그렇기 때문에 유교도는 아버지를 위해 살고 있습니다……"

"이미 알고 있다!"

이렇게 소리치는 사람이 있다.

"그렇게 간단히는 알지 못합니다."

도야 선생이 말한다. 청중이 한바탕 웃는다.

"겹옷은 홑옷을 위해 존재하는 것입니까? 솜옷을 위해 존재하는 것입니까? 또 겹옷 자신을 위해 존재하는 것입니까?"라고 말하고 한 차례 청중을 둘러본다. 웃어버리기에는 너무 기발하다. 심각한 표정을 짓기에는 좀 우스꽝스럽다. 청중은 당황했다.

"그런 어려운 문제는 나 역시 모릅니다."

홀가분한 표정으로 말해버린다. 청중은 다시 웃었다.

"그건 몰라도 지장 없습니다. 그러나 우린 무엇 때문에 존재하는 것입니까? 이건 몰라서는 안 됩니다. 메이지 시대도 40년이 지났습니다. 40년은 짧지 않습니다. 메이지 시대의 사업은 이걸로 일단락을 지었습니다……"

"노, 노."

4 조지 메러디스(George Meredith, 1828~1909). 19세기 영국의 시인이자 소설가로, 『에고이스트 Egoist』, 『갈림길의 다이애나Diana of the Crossways』 등의 작품을 남겼다.

5 로버트 브라우닝(Robert Browning, 1812~1889). 19세기 영국의 시인으로 『파라셀수스 Paracelsus』라는 극시를 남겼다.

이렇게 말하는 사람이 있다.

"어딘가에서 노, 노, 라고 말하는 소리가 들립니다. 난 그 사람의 의사에 찬성합니다. 그렇게 말하는 사람이 있을 것이라고 생각하면서 기다리고 있었습니다."

청중은 다시 웃었다.

"아니, 정말 이런 사람을 기다리고 있었습니다."

청중은 세 번째로 함성을 올렸다.

"난 40년이라는 세월은 짧지 않다고 말했습니다. 과연 살아보면 길어요. 그러나 메이지 시대 이외의 사람들이 바라봐도 길까요? 망원경의 렌즈는 직경이 3센티미터입니다. 그러나 아다고야마(愛宕山)에서 바라보면 시나카와(品川)의 앞바다가 바로 3센티미터 안에 들어와버립니다. 메이지 40년을 길다고 말하는 사람은 메이지 안에서 아등바등 살아가고 있는 사람이라는 것입니다. 후세에서 보면 아주 짧게 보입니다. 아주 멀리서 보면 아주 짧은 시간에 지나지 않아요. 이런 짧은 시간에 무엇이 가능한가요?"

도야는 이 말을 하면서 탁자 위를 톡톡 두드렸다. 청중은 잠시 놀랐다.

"정치가는 일대 사업을 벌이려고 합니다. 학자도 일대 사업을 벌이려고 합니다. 실업가도 군인도 일대 사업을 벌이려고 합니다. 벌이려고 하지만 그건 자신들의 생각일 뿐입니다. 메이지 40년 세상에 머리를 디밀고 있기 때문에 그런 생각을 하게 되는 것입니다. 이런 짧은 시간에 무엇이 가능한가요?"

이번에는 아무도 웃지 않았다.

"세상 사람들은 말하고 있어요. 메이지도 이제 40년이 된다, 아직

셰익스피어가 나오지 않았다, 아직 괴테가 출현하지 않았다. 40년을 길다고 생각하기 때문에 그런 푸념이 나와요. 그 짧은 시간에 무엇이 나오나요?"

"곧 나올 거야."

이렇게 소리치는 사람이 있다.

"곧 나올지도 모릅니다. 그러나 지금까지 나오지 않았다는 건 분명합니다. 한마디로 말하면……"

여기서 말을 자른다. 강연장 안은 쥐 죽은 듯 잠잠하다.

"메이지 40년이라는 세월은 메이지 개화의 초기입니다. 말을 바꾸어 이를 설명하면 오늘의 우리는 과거를 갖지 않은 개화 속에 살아가고 있습니다. 따라서 우리는 과거를 전달하기 위해 태어난 것이 아니에요. 시간은 밤낮을 가리지 않고 흘러갑니다. 과거가 없는 시대는 없습니다. 여러분! 오해해서는 안 됩니다! 우린 물론 과거를 갖고 있습니다. 그러나 그 과거는 망령된 과거든지, 유치한 과거입니다. 기준으로 삼고 따를 만한 과거는 어디에도 없습니다. 메이지 40년은 전례가 없는 40년입니다."

청중 속에 '그런가?' 하는 표정을 짓고 있는 사람이 보인다.

"전례가 없는 사회에 태어난 사람만큼 자유로운 사람은 없어요. 나는 여러분이 이런 전례 없는 사회에 태어난 것을 깊이 축하하는 사람입니다."

"옳소, 옳소" 하는 소리가 이곳저곳에서 들려온다.

"그렇게 건성으로 찬성을 해서는 곤란해요. 전례 없는 사회에 태어났다는 것은 스스로 전례를 만들어내지 않으면 안 된다는 의미예요. 속박이 없는 자유를 향유하는 사람은 이미 자유를 위해 속박을 당하고 있는 겁니다.

이 자유를 어떻게 능숙하게 사용할까 하는 문제는 여러분의 권리이자 동시에 큰 책임입니다. 여러분! 위대한 이상을 갖지 못한 사람의 자유는 타락입니다."

이렇게 단언한 뒤 도야 선생은 두 손을 탁자 위에 올려놓고 강연장을 둘러보았다. 벼락이라도 떨어진 듯한 분위기였다.

"개인에 관해 논해봐도 이해할 수 있습니다. 과거를 회상하는 사람은 반백의 노인입니다. 젊고 원기 왕성한 사람에게 회상해야 할 과거는 없을 것입니다. 앞길에 커다란 희망을 안고 살아가는 사람은 과거를 회상하며 연연할 필요가 없는 것입니다. 우리가 살아가고 있는 시대는 젊고 원기 왕성한 시대입니다. 과거를 회상할 정도로 노쇠한 시대가 아니에요. 정치에서 이토 후작[6]이나 야마가타 후작[7]을 회상할 시대가 아니에요. 실업계에서 시부사와[8]나 이와사키를 회상할 시대가 아니에요……"

"엄청나게 기염을 토하는군."

이렇게 평가한 것은 예의 그 사쓰마가스리다.

"문학에서는 고요 씨[9]나 이치요 씨[10]를 회상할 시대가 아니에요. 이런 사람들은 여러분의 선례가 되기 위해 살았던 사람들이 아니에요.

---

6 이토 히로부미(伊藤博文, 1841~1909), 메이지 유신 이후 일본 제국 헌법의 기초를 마련하고, 정부의 요직을 두루 거친 인물로 내각총리대신을 여러 번 역임했으나, 1909년 하얼빈에서 안중근 의사에게 암살당했다.

7 야마가타 아리토모(山縣有朋, 1838~1922), 내각총리대신을 역임한 일본의 정치가이자 군인이다.

8 시부사와 에이치(澁澤榮一, 1840~1931), 메이지 시대와 다이쇼 시대의 초기 대장성을 지냈으며 일본국립은행과 도쿄증권거래소를 비롯해 여러 기업을 운영해 일본 자본주의의 아버지로 불린다.

여러분을 낳기 위해 살았던 것입니다. 조금 전에 한 말을 사용하면 이런 사람들은 미래를 위해 살았다는 것이 됩니다. 후손을 위해 존재했다는 말입니다. 그러나 여러분들은 스스로를 위해 존재하는 것입니다. 대체로 한 시대에서 초기의 사람들은 후손들을 위해 살아야 한다는 각오를 하지 않으면 안 됩니다. 중기의 사람들은 자기를 위해 산다는 결심을 하지 않으면 안 됩니다. 후기의 사람들은 아버지를 위해 산다는 체념을 버리지 않으면 안 됩니다. 메이지는 40년이 흘렀습니다. 우선 초기라고 보아도 지장은 없겠지요. 그렇다면 현대 청년인 여러분은 자기를 크게 발전시켜 중기를 이루어내지 않으면 안 됩니다. 뒤를 돌아볼 필요도 없고 앞날을 걱정할 필요도 없고 그저 자아를 생각한 대로 발전시키는 지위에 선 여러분은 인생에서 가장 유쾌한 시기에 이른 사람들입니다."

강연장 안이 떠들썩해진다..

"왜 초기의 사람들이 선례가 될 수 없는가? 초기는 가장 무질서한 시대입니다. 우연성이 발호하는 시대입니다. 요행을 얻을 수 있던 시대입니다. 초기에 이름을 떨친 사람들, 집안을 일으킨 사람들, 재물을 쌓은 사람들, 사업을 일으킨 사람들은 반드시 자신의 역량만으로 성공했다고는 말할 수 없습니다. 자신의 역량에 의하지 않고 성공했다는 것은 선비로서는 가장 치욕적인 일입니다. 중기 사람들은 이런 점에서는 초기 사람들보다 훨씬 행복합니다. 일을 쉽게 성취할 수 없다

9 오자키 고요(尾崎紅葉, 1867~1903). 일본 메이지 시대의 소설가로 『곤지키야샤(金色夜叉)』라는 대중소설로 당시 선풍적인 인기를 끈 작가다.

10 히구치 이치요(樋口一葉, 1872~1896). 일본 근대 소설의 개척자로, 여성이면서 생계를 위해 소설을 쓴 직업 소설가였다. 「키 재기」, 「섣달그믐날」, 「흐린 강」 등의 작품을 남기고 24세의 나이에 폐결핵으로 사망했다.

는 점이 행복한 것입니다. 곤란함에도 불구하고 요행을 얻을 수 없다는 점이 행복합니다. 곤란함에도 불구하고 능력에 따라 원하는 곳에 갈 수 있을 정도의 여유가 있고, 발전의 길이 있기 때문에 행복합니다. 후기에 이르면 굳어져버려요. 단지 전 시대를 조술(祖述)[11]하는 것 말고는 옴짝달싹 못하게 되어, 인간이 타락할 때 다시 파란이 일게 됩니다. 파란이 일지 않으면 화석이 될 수밖에 없습니다. 화석이 되기 싫으면 스스로 파란을 일으키는 것입니다. 이것을 혁명이라고 부릅니다.

이상은 메이지 시대에 여러분들이 처한 지위를 설명한 것입니다. 이러한 유쾌한 지위에 선 여러분은 이 유쾌함에 상당하는 이상을 키워가지 않으면 안 됩니다."

도야 선생은 이 대목에서 심기일전하는 말을 했다. 청중은 더 이상 놀릴 기색도 없어 보인다. 입을 다물고 있다.

"이상은 혼입니다. 혼은 형태가 없기 때문에 알 수 없습니다. 그저 인간의 혼이 행위에서 발현하는 것을 어렴풋하게 보는 것에 지나지 않아요. 아쉽게도 현대 청년들은 이것을 보지 못합니다. 이걸 과거에서 찾아도 없고, 현대에서 찾으려 하면 더더욱 없습니다. 여러분은 가정에서 부모를 이상으로 삼을 수 있습니까?"

어떤 사람은 불만스러운 표정을 짓는다. 그러나 입은 다물고 있다.

"학교에서 교사를 이상으로 삼을 수 있습니까?"

"노, 노."

"사회에서 신사를 이상으로 삼을 수 있습니까?"

"노, 노."

"사실상 여러분은 이상을 갖고 있지 않아요. 집에서는 부모를 경멸

11 스승이나 선인의 학설을 이어받아 그를 바탕으로 보충 서술함.

하고, 학교에서는 교사를 경멸하고, 사회에 나와서는 신사를 경멸하고 있습니다. 이들을 경멸하는 것은 식견입니다. 그러나 이들을 경멸하기 위해서는 자신의 원대한 이상이 있어야 합니다. 자기에게 아무런 이상도 없이 다른 사람을 경멸하는 것은 타락입니다. 현대의 청년은 도도하게 날로 타락하고 있습니다."

청중이 조금씩 술렁거리기 시작했다. "무례하게" 하고 혼잣말을 하는 사람도 있다. 도야 선생은 의기양양한 모습으로 단상 아래쪽을 흘겨본다.

"영국식을 고취하며 위세를 부리는 사람이 있습니다. 가엾은 일입니다. 자신에게 이상이 없다는 것을 명백하게 폭로하고 있습니다. 일본 청년이 도도하게 타락했음에도 불구하고 아직 이 정도까지 타락하지는 않았다고 생각합니다. 모든 이상은 자신의 혼입니다. 내부에서 나오지 않으면 안 돼요. 노예의 두뇌에 웅대한 이상이 자리 잡을 수 없습니다. 서양의 이상에 압도되어 눈이 먼 일본인은 어떤 의미에서 모두 노예입니다. 노예로 만족할 뿐 아니라 앞다투어 노예가 되려고 하는 사람에게 어떤 이상이 발효할 수 있겠습니까?

여러분! 이상은 여러분의 내면에서 나와야 합니다. 여러분의 학문이나 식견이 여러분의 피가 되고, 육체가 되고, 마침내 여러분의 혼이 되었을 때 여러분의 이상은 완성되는 것입니다. 벼락치기로는 어떤 일도 되지 않습니다."

도야 선생은 자신을 야유하려면 야유해보라고 말하려는 듯이 한쪽 주먹을 탁자 위에 놓고 서 있다. 더러운 검은색 무명 하오리에 싸구려 명주 하카마는 조금 전부터 눈에 띄지 않는다. 바람 소리가 쌩 하고 울린다.

"이상이 있는 사람은 걸어가야만 하는 길을 알고 있습니다. 원대한 이상이 있는 사람은 큰길을 걸어요. 길을 잃고 방황하는 사람과는 달라요. 어떤 일이 있어도 이 길을 걸어냅니다. 방황하고 싶어도 방황할 수 없습니다. 혼이 이쪽, 이쪽 하고 알려주기 때문입니다.

여러분 중에는 어디까지 걸어갈 생각이냐고 묻는 사람이 있을지도 모릅니다. 그건 이미 다 알고 있는 것입니다. 갈 수 있는 곳까지 가는 것이 바로 인생입니다. 그 누구도 자신의 수명을 알지 못합니다. 자신이 알지 못하는 수명을 다른 사람이야 더욱더 알 턱이 없습니다. 의사를 가업으로 하는 전문가라도 인간의 수명을 추정할 수 없습니다. 자신이 몇 살까지 살지는 살고 난 다음에야 비로소 언급할 수 있습니다. 80세까지 살았다면 80세까지 살았다는 사실이 증거가 되지 않으면 안 됩니다. 가령 80세까지 살 자신이 있고 그대로 될 것이 확실하다고 해도 80세까지 산 사실이 없는 이상 그 누구도 그걸 믿어주지 않습니다. 따라서 굳이 입에 담을 필요는 없습니다. 이상의 묵시(默示)를 받아들이고 가야 할 길을 가는 것도 마찬가지입니다. 자신이 스스로의 이상을 어느 정도나 현실화했는지는 자신조차도 가늠할 수 없습니다. 과거가 이러했기 때문에 미래도 이렇게 될 것이라는 억측은 지금까지 살아 있었기 때문에 앞으로도 살아 있을 것이라고 속단하는 것과 마찬가지입니다. 일종의 사기입니다. 성공을 목적으로 인생이라는 길에 서 있는 사람은 이미 사기꾼입니다."

다카야나기 군 옆에 있던 사쓰마가스리가 묘한 표정을 짓는다.

"사회는 아수라장입니다. 문명 사회는 피가 보이지 않는 아수라장입니다. 40년 전의 지사(志士)는 생사를 넘나들며 유신이라는 대업을 성취했습니다. 여러분을 위협하는 위험은 그들의 위험보다 두려운 것인지도 모릅니다. 피가 보이지 않는 아수라장은 포성과 총칼의 아수라장보다도 더 심각하고 더 비참합니다. 여러분은 각오하지 않으면 안 됩니다. 근왕(勤王)의 지사 이상의 각오를 하지 않으면 안 됩니다.[12] 쓰러질 군은 각오를 하지 않으면 안 됩니다. 태평한 시대라고 안심하며 팔짱을 끼고 성공을 간절히 열망하는 무리는 자신이 가야 할 길을 가다가 넘어져 비명횡사하는 실패를 맞는 아이보다도 인간적인 가치가 훨씬 떨어지는 인간입니다.

여러분은 길을 가기 위해 그 길을 가로막는 사람들을 쫓아내지 않으면 안 됩니다. 그들과 싸울 때 우리는 우리 생애에서 처음으로 생명감을 느낄 수 있으며, 근왕의 지사가 무릅쓰고 느꼈던 것 이상의 번민과 쓰라림을 발견할 수 있을 것입니다. 오늘은 바람이 붑니다. 어제도 바람이 불었습니다. 요즘 날씨가 평온하지 않습니다. 그러나 가슴속의 불온함은 이 정도로 그치는 것이 아니에요."

도야 선생은 덜컹거리는 유리문을 통해 지나가는 사람들을 바라본다. 마침 그때 바람이 한 차례 거세게 불어 거리를 지나가는 사람들에게 모래를 뿌려대더니, 건물 지붕에 부딪쳤다가 허공으로 높이 달아났다.

"여러분! 난 여러분이 얼마나 강한 사람이 될지 알지 못합니다. 여러분 자신도 알지 못합니다. 그저 세상과 후세가 증명해낼 뿐입니다. 이상의 큰 길을 끝까지 걸어가서 도중에 쓰러져 죽으려는 찰나, 우리의 과거를 축소하여 한눈에 바라볼 수 있을 때 비로소 알 수 있는 것

12 소세키가 스즈키 미에기치(鈴木三重吉)에게 보낸 편지(1906년 10월 26일)에도 이런 내용이 나와 있다. '메이지 유신' 당시 도쿠가와 막부를 무너뜨리고 메이지 천황을 전면에 내세운 유신 지사들의 결의를 제기한 내용이다.

입니다. 여러분은 여러분이 하는 일 그 자체에 따라 전해지지 않으면
안 됩니다. 단순히 여러분의 이름을 통해 전하려고 하는 것은 경박한
짓입니다."

이 말을 듣고 다카야나기 군은 왠지 모르게 겸연쩍었다. 도야의 빛
나는 눈빛이 자신을 향하고 있는 것처럼 느껴졌다.

"이상은 사람에 따라 다릅니다. 우리는 학문을 연구하고 있습니다.
학문을 하는 사람의 이상은 무엇일까요?"

청중은 잠자코 있을 뿐, 대답하는 사람이 없다.

"학문을 하는 사람의 이상이 무엇인가 하면, 돈이 목적이 아니라는
사실만은 분명합니다."

대여섯 곳에서 웃음소리가 들린다. 도야 선생이 부자가 아니라는
것은 그의 차림새를 본 사람이라면 누구도 부정할 수 없는 사실이다.
도야 선생은 하오리의 소매를 양손으로 잡아당기면서 천천히 자신의
오른쪽 소매를 바라본다. 이어 시선을 돌려 다시 천천히 자신의 왼쪽
소매를 바라보았다. 검은색 무명의 올과 올 사이에 모래가 잔뜩 끼어
있다.

"굉장히 지저분하군."

침착하게 말했다.

강연장 가득 웃음소리가 퍼진다. 야유하는 웃음이 아니다. 도야 선
생은 조소를 호의의 미소로 눌러버린 것이다.

"얼마 전에 학문을 한다는 사람이 찾아와, 저도 아내가 생겼고 아이
또한 얻었습니다, 앞으로 돈을 모아야 합니다, 반드시 아이를 훌륭하
게 교육시키려면 지금 돈을 모아야 합니다, 어떻게 하면 돈을 모을 수
있겠습니까 하고 물었습니다.

어떻게 하면 학문을 통해 돈을 벌 수 있는지를 묻는 것만큼 어리석은 물음은 없습니다. 학문을 한다는 것은 학자가 된다는 의미입니다. 돈을 번다는 의미는 아닙니다. 학문을 통해 돈을 벌 궁리를 하는 것은 북극에 가서 호랑이를 사냥하려는 것과 마찬가지입니다."

청중은 다시 조금씩 술렁거린다.

"보통 세상 사람들은 노력과 돈의 관계에 관해 커다란 오해를 하고 있습니다. 그들은 걸맞은 학문을 하면 그에 걸맞은 돈을 벌 수 있는 전망이 있다고 생각합니다. 그런 논리는 성립하지 않습니다. 학문은 돈에서 멀어지는 기계입니다. 돈을 벌고 싶으면 돈을 목적으로 하는 실업가나 상인이 되면 됩니다. 학자와 상인은 완전히 별개의 인간으로, 학자가 돈을 기대하고 학문을 한다는 것은 상인이 학문을 목적으로 견습생이 되는 것과 마찬가지입니다."

"그런가?"

웬 녀석이 엉뚱한 말을 지껄이는 바람에 청중은 또 한바탕 웃었다. 도야 선생은 태연하게 청중들의 웃음소리가 잠잠해지기를 기다렸다.

"그렇기 때문에 학문에 관한 것은 학자에게 물어야 합니다. 돈이 필요하다면 상인에게 가는 것 말고는 달리 방법이 없습니다."

"돈이 필요해!"

이번엔 또 웬 녀석이 끼어든다. 누구인지 알 수 없다. 도야 선생은 "필요하겠지요?"라고 말하고 말을 이어간다.

"학문, 즉 사물의 이치를 이해하는 것과 생활의 자유, 즉 돈이 있다는 것은 서로 독립해 있어 관계가 없을 뿐만 아니라, 오히려 반대가 되는 것입니다. 학자이기 때문에 돈이 없는 것입니다. 돈을 벌기 때문에 학자는 될 수 없는 것입니다. 학자는 돈이 없는 대신에 사물의 이치를 이해하고, 상인은 그런 이치를 알지 못하기 때문에 그 대가로 돈을 법니다."

누군가 또 한마디 할 것이라고 생각해서 도야 선생은 20초 정도 말을 끊고 기다렸다. 하지만 아무도 말을 하지 않는다.

"그것을 이해하지 못하고 돈이 있는 곳에 이치도 있다고 생각하는 것은 어리석기 그지없습니다. 그런데 세상 사람들은 그렇게 오해하고 있어요. 저 사람은 부자고 세상 사람들이 존경하니 이치 또한 분명 알고 있을 것이고, 문화 역시 제대로 즐기고 있을 것이라고 생각합니다. 그러나 실제로는 문화를 즐길 여유가 없기 때문에 돈을 벌 시간이 있는 것입니다. 자연은 공평해서 한 사람에게 돈도 벌게 해주고 동시에 문화도 즐길 수 있게 편애하지는 않습니다. 이런 알기 쉬운 도리도 가려내지 못하고 부자들은 자만하여……"

"옳소!" "맞아!" "아아!" 분위기가 상당히 무르익어간다.

"자신들은 사회의 상류층에 속해 일반 사람들의 존경을 받고 있어서 세상에 자신만큼 이치에 정통한 사람은 없다, 학자든 누구든 자신에게 머리를 숙여야 한다고 생각하는 것은 정말 가련한 일로 그들이 이런 생각을 한다는 것 자체가 그들에게 문화가 없다는 사실을 증명하고 있습니다."

다카야나기 군의 눈이 빛났다. 피가 다시 두 뺨에 솟구치는 듯했다.

"영문 모를 그들의 자만을 구제할 길은 없다 하더라도 사회에서 그들의 자만을 지당하다고 시인하는 것은 실로 정 떨어지는 경망함이라고 지적하지 않을 수 없습니다. 흔히들 저 사내는 사회적 지위에 상응하는 재산도 갖고 있기 때문에 그런 것 정도는 알고 있을 것이라고 쉽게 말하곤 합니다. 그러나 어찌 알겠습니까. 그런 사회적 지위를 얻고

상응하는 재산을 갖고 있기 때문에 이치를 모르는 것입니다."

다카야나기 군은 가슴의 통증을 잊고 조마조마한 심정으로 박수를 쳤다. 옆에서 사쓰마가스리가 에헴 하고 조롱하듯이 헛기침을 한다.

"사회적 지위는 무엇으로 결정되는가. 여러 가지가 있습니다. 첫째, 문화에 의해 결정되는 경우도 있습니다. 둘째, 문벌로 결정되는 경우도 있습니다. 셋째, 자신이 갖고 있는 재주에 따라 결정되는 경우도 있습니다. 마지막으로 돈으로 결정되는 경우도 있습니다. 그런데 이것이 가장 많아요. 이와 같이 여러 가지 기준이 존재하는 것을 잊고 돈으로 그 가치가 결정된 사람을 학문으로 그 가치가 결정된 사람과 같다고 생각합니다. 거의 눈먼 장님과 다르지 않습니다."

에헴, 에헴 하는 소리가 흩어져서 대여섯 군데에서 들렸다. 다카야나기 군은 입을 꼭 다물고 코로 거칠게 호흡하고 있다.

"돈으로 가치가 결정된 사람은 돈 이외의 일에는 무능할 수밖에 없습니다. 돈은 어떤 의미에서 귀중할지도 모릅니다. 그들은 이런 귀중한 것을 안고 있기 때문에 세상의 존경을 받습니다. 그건 좋습니다. 거기까지는 그 누구도 이의가 없어요. 그러나 돈 이외의 영역에서 그들은 영향력이 있는 인간이 아닙니다. 돈 이외의 기준으로 사회적 지위를 얻은 사람의 집단에 들어갈 수 없습니다. 만일 이게 가능하다면 학자도 부자들의 영역에 들어가 금전 중심의 구역 안에서 위력을 발휘해도 좋게 됩니다. 하지만 부자들은 그렇게 두지 않습니다. 그러면서 자신들만은 자신들의 영역 안에서 점잖게 처신하지 않고 다른 영역까지 함부로 설치며 나오려고 합니다. 이것이 사물의 이치를 모른다는 좋은 증거입니다."

다카야나기 군은 허리를 반쯤 일으켜 세우며 박수를 쳤다. 인간은 흉내 내기를 좋아한다. 다카야나기 군에 이끌려 짝짝 하고 박수를 치는 소리가 여기저기서 들렸다. 냉소적인 무리는 형세가 좋지 않음을 알고 침묵을 지켰다.

"돈은 노력의 보수입니다. 그러므로 더 많이 노력하면 돈은 더 많이 벌리게 됩니다. 여기까지는 세상도 공평합니다(아니 이조차도 불공평합니다. 투기꾼 등은 노력하지 않고도 돈을 벌고 있습니다). 그러나 한 발 나아가 생각해보는 것이 좋아요. 높은 수준의 노력에는 높은 보수가 주어집니까? 여러분 어떻게 생각하십니까? 대답하지 않으니 설명을 해야겠군요. 보수라는 것은 눈앞의 이해에 가장 커다란 영향을 주는 사정에 의해서만 결정되는 법입니다. 그렇기 때문에 지금도 교사의 보수가 장사꾼의 보수보다도 적은 것입니다. 눈앞보다 멀고 높은 수준의 노력을 하는 사람의 보수는 그 노력이 제아무리 미래나 국가, 인류를 위해 큰 도움이 되는 것이라고 해도 점점 줄어들게 됩니다. 즉 노력하는 질의 높고 낮음에 따라 보수의 많고 적음이 결정되는 것은 아닙니다. 금전의 분배는 그런 것에 지배되지 않아요. 따라서 돈이 있는 사람이 고상한 노력을 했다고 할 수 없어요. 말을 바꾸면 돈이 있기 때문에 그 사람이 고상하다고 말할 수 없어요. 돈을 기준으로 해서 사람의 가치를 결정할 수는 없습니다."

도도하게 말을 이어온 도야는 여기서 잠시 말을 끊고 강연장의 상황을 살폈다. 활판에 찍어낸 듯한 연설은 생명력이 없다. 도야는 상대에 따라 어떻게든 방식을 바꿔갈 생각이다. 강연장은 생각했던 것보다 조용하다.

"돈이 있다고 해서 무턱대고 뛰어나다고 생각하는 것은 잘못입니다. 학자와 언쟁을 할 자격이 있다고 생각하는 것도 잘못입니다. 품격 있는 사람들의 머리를 숙이게 하려는 것도 잘못입니다. 좀 생각해 보는 게 좋아요. 아무리 돈이 있다고 해도 병이 들었을 때는 의사에게 항복하지 않으면 안 됩니다. 금화를 달여 마실 수는 없습니다……"

지나치게 진지한 익살이었기에 자신도 모르게 웃음을 터뜨리는 사람이 서넛 있었다. 도야 선생은 이를 눈치 챘다.

"그렇지요. 금화를 달여 먹으면 설사가 그치지 않겠지요. 그렇기 때문에 의사에게 머리를 숙이지요. 그 대신에 의사는 돈에 머리를 숙이지요."

도야 선생은 히죽히죽 웃었다. 청중도 얌전하게 웃는다.

"그걸로 좋습니다. 돈에 머리를 숙이는 건 좋습니다. 그러나 부자에게는 안 돼요. 의사에게 머리를 숙일 줄은 알면서도 취미라든가 기호라든가 기품이라든가 인품이라든가 하는 것에 관해 학문을 하고, 고상한 이치를 아는 사람에게 고개를 숙일 줄은 몰라요. 그뿐만 아니라, 거꾸로 돈의 힘으로 이런 고상한 분들의 머리를 숙이게 하려고 하지요. 장님은 뱀을 무서워하지 않는다더니 딱 그 짝이라고나 할까요."

이렇게 갑자기 대화투로 말을 한 데는 곡절이 있었다.

"학문적 능력이 있는 사람, 이치를 이해한 사람은 부자들이 돈의 힘으로 세상에 이익을 주려고 하는 것과 마찬가지로 의미를 통해, 학문을 통해 이치를 이해함으로써 사회에 행복을 주려고 하는 것입니다. 그렇기 때문에 입장은 다르지만, 그들은 도저히 범할 수 없는 지위에 확고하게 엉덩이를 붙이고 있는 것입니다.

학자가 만일 금전 문제에 좌우되면 자기 본령을 버리고 다른 영역에 들어가는 것이기 때문에 부자들에게 머리를 숙이는 것이 당연하겠지요. 동시에 돈 이상의 취미라든가 문학이라든가 인생이라든가 사회

라든가 하는 문제에 관해서는 부자들이 학자에게 탄복하지 않으면 안
돼요. 지금 학자와 부자 사이에는 갈등이 발생하려고 합니다. 단순하
게 금전 문제라면 학자는 첫 수부터 무능력합니다. 그러나 그것이 인
생 문제나 도덕 문제, 사회 문제인 이상은 처음부터 부자들은 입을 열
권한이 없다고 자각하고 학자 앞에 절대적으로 복종하지 않으면 안
돼요. 부자들은 학자에게 복종해야 합니다. 이와사키는 별장을 줄지
어 세운 것으로 학자들을 압도하고 있는지는 모르지만, 사회나 인생
문제에 관해서는 어린이나 다를 바가 없습니다. 10만 평이나 되는 별
장을 시의 동서남북에 세웠다고 하여 세상의 학자를 굴복시켰다고 생
각하는 것은 료운카쿠(凌雲閣)[13]를 세웠다고 하여 신선이 황송해하겠
지 하고 생각하는 것과 마찬가지입니다……"

청중은 도야의 기세와 마지막 한마디의 기발함에 정신이 팔려 입을
다물고 있었다. 외톨이 다카야나기 군만이 견딜 수 없어서 커다란 소
리로 갈채를 보낸다.

"상인이 돈을 벌기 위해 돈을 쓰는 것은 전문적인 일로 누구도 참견
할 수 없습니다. 그러나 상업상에 쓰지 않고 인간사에 그 힘을 이용할
때는 이치를 아는 사람에게 묻지 않으면 안 됩니다. 만일 그렇게 하
지 않는다면 사회의 악을 스스로 조장해내면서 태평스러운 표정을 짓
고 있는 것과 마찬가지입니다. 현재 부자들의 돈 중 일부분은 항상 이
런 목적에 사용되고 있어요. 그도 그럴 것이 그들 자신이 돈의 주인일
뿐이고 그 밖의 덕이나 재주를 갖고 있지 않기 때문입니다. 학자를 존
경해야 한다는 사실을 알지 못하기 때문입니다. 아무리 가르쳐주어도

13 도쿄 아사쿠사 공원에 있던 12층짜리 건물. 메이지 25년(1892)에 건설되어 다이쇼(大正) 12
년(1922) 간토 대지진 때 소실되었다.

다른 사람들이 말하는 것을 이해하지 못하기 때문입니다. 재앙은 반드시 자신에게 돌아옵니다. 그들이 학자나 문학자의 말에 귀를 기울이지 않으면 안 될 시기가 반드시 올 것입니다. 귀를 기울이지 않으면 사회적 지위를 유지할 수 없는 시기가 옵니다."

청중은 일제히 함성을 질렀다. 다카야나기 군은 폐병에 걸렸음에도 불구하고 가장 크게 함성을 질렀다. 이런 통쾌함을 느낀 건 태어나서 처음이었다. 얼굴을 목도리에 반쯤 파묻고 바람 속을 뚫고 이곳까지 온 보람이 있다고 생각했다.

도야 선생은 예언자처럼 늠름한 모습으로 단상에 서 있다. 휘몰아치는 초겨울 바람은 건물을 흔들고 사라진다.

12

"좀 어떤가?"라고 말하며 베갯머리에 앉는다.

6첩 다다미방은 다다미가 낡아 툭 치면 밤에도 먼지가 보일 정도다. 미야지마(宮島) 산 둥근 쟁반에 약병과 체온계가 함께 놓여 있다. 다카야나기 군은 연설을 듣고 돌아와 마침내 각혈을 했다.

"오늘은 좀 괜찮군."

마루에 일어나 앉아 솜이불을 등의 반 정도까지 걸치고 있다. 나카노 군은 오오시마 산 명주로 짠 소맷자락에서 러시아제 궐련갑을 꺼냈다가,

"아아, 담배를 피우면 안 되겠군" 하고 다시 궐련갑을 소맷자락 안에 떨어뜨린다.

"뭐, 괜찮네. 어차피 담배 따위에 신경 쓴다고 나을 병도 아니니까."

망연자실하고 있다.

"그렇지 않아. 처음이 중요해. 지금 몸을 튼튼히 하지 않으면 안 되네. 어제 의사에게 가서 물어보니 그렇게 걱정할 정도는 아니라고 하

더군. 의사는 왔던가?"

"오늘 아침에 왔더군. 몸을 따뜻하게 하라고 하더군."

"그래 따뜻하게 하고 있는 편이 좋아. 이 방은 좀 춥군."

나카노 군은 쓸쓸하다는 듯 사방을 둘러본다.

"저 장지문은 이 집의 하녀에게라도 부탁해 뭔가로 붙여야겠군. 바람이 들어와 추우니까."

"저 장지문만 붙인다고 해서……"

"요양이라도 하면 어떤가?"

"의사 역시 그런 말을 하더군."

"그럼 가는 게 좋겠어. 오늘 아침에 그런 말을 하던가?"

"응."

"그래서 자넨 뭐라고 대답했나?"

"뭐라고 대답하긴…… 별로 할 말이 없어서……"

"가면 좋지 않나?"

"가면 좋겠지만 거저 갈 수 있는 건 아니니까."

다카야나기 군은 힘이 없는 표정을 짓고 자신의 무릎으로 시선을 떨어뜨린다. 가스후타코[1]의 끄트머리에서 회색 플란넬이 6센티미터쯤 비어져 나와 있다. 치수도 재지 않고 따로따로 옷을 지었기 때문이리라.

"그건 걱정은 할 필요 없네. 내가 어떻게든 해보지."

다카야나기 군은 윤기 없는 눈을 무릎에서 옮겨 나카노 군의 행복해 보이는 얼굴을 바라보았다. 이 얼굴에 따라서 대답이 결정될 것이다.

1 가스실을 쌍올로 해서 짠 면직물.

"내가 어떻게든 해보겠네. 왜 그런 눈으로 보는 건가?"

다카야나기 군은 자신의 마음이 자신의 두 눈을 통해 외부를 바라보고 있었다는 것을 갑자기 깨달았다.

"자네에게 돈을 빌리는 건가?"

"빌리지 않아도 되네……"

"받는 건가?"

"그건 아무래도 좋아. 그런 것에 신경 쓸 필요는 없어."

"빌리는 건 싫네."

"그럼 빌리지 않아도 좋아."

"그러나 받을 수도 없네."

"참, 어려운 사람이군. 왜 그런 성가신 이야기를 꺼내는 건가? 학교 다닐 때는 자주 자네가 돈을 빌려달라고, 서양 요리를 한턱내라고 조르지 않았는가?"

"학교 다닐 때는 병 같은 건 걸리지 않았으니까."

"평소에도 그랬는데 병에 걸렸으니 더더욱 그럴 수 있는 거 아닌가? 병에 걸린 친구를 돌보는 건 누가 보아도 이상한 일이 아니네."

"그거야 보살피는 입장에서 보면 그렇겠지."

"그럼 자네는 내게 뭐 불만이라도 있는 건가?"

"불만은 없네. 고맙다고 생각할 정도야."

"그렇다면 기분 좋게 내가 말하는 대로 하면 되지 않겠나. 스스로 불쾌의 안경을 쓰고 세상을 보고, 보여지는 우리들까지 불쾌하게 만들 필요는 없지 않나?"

다카야나기 군은 한동안 대답하지 않는다. 정말 자신은 세상을 불쾌하게 만들기 위해 살아가고 있는지도 모른다. 어딜 가도 환영을 받은 적이 없다. 어차피 죽을 것이기 때문에 섣불리 다른 사람의 동정을 받는 것도 고통스럽다. 세상을 불쾌하게 만들 정도의 인간이라면 나카노 한 사람을 유쾌하게 만들어봤자 오십 보 백 보다. 세상을 불쾌하게 만들 정도의 인간이라면 하루라도 빨리 죽는 편이 좋다.

"자네의 친절한 마음을 저버리는 것은 안타깝네만 난 요양 같은 건 하고 싶지 않으니까 좀 봐줘."

"또 그런 고집불통 소릴 할 텐가? 이런 병은 초기가 중요해. 시기를 놓치면 되돌릴 수 없을 정도로 치명적인 타격을 입게 돼."

"이미 되돌릴 수 없네."

마치 산에서 뛰어내리기라도 할 듯한 말을 한다.

"그게 병이야. 병 때문에 이렇게 비관적인 거야."

"비관적이라니, 희망이 없는 사람이 비관하는 건 당연한 거야. 자넨 필요하지 않기 때문에 비관하지 않지."

"정말 곤란한 사람이군."

이렇게 말하고 잠시 포기한 듯 자리에서 일어나 장지문을 연다. 예의 그 오동나무가 민둥민둥한 가지를 하늘을 향해 곧게 뻗고 바람을 쐬고 있다.

"쓸쓸한 정원이로군. 오동나무가 벌거숭이로 서 있어."

"얼마 전까지 잎이 붙어 있었는데 빠르군. 벌거숭이 오동나무에 달빛이 비치는 걸 본 적이 있어? 아주 굉장한 경치지."

"그렇겠지. 그러나 추운 밤에 일어나는 건 좋지 않아. 난 겨울 달은 싫어. 달은 여름이 좋지. 여름날 달빛이 비칠 때 지붕을 씌운 배를 타고 스미다가와(隅田川)에서 아야세(綾瀬) 방향으로 저어가며 은가루를 입힌 부채를 물에 흘려 보내며 놀면 정말 재미있지."

"태평스러운 얘기를 하고 있군. 은가루를 입힌 부채를 흘려보내 어쩌자는 건데?"

"은가루를 입힌 부채를 몇 개 배에 실은 다음, 달을 향해 던지는 거지. 반짝반짝해서 예뻐."

"자네가 발명한 건가?"

"옛날 세상 물정에 밝은 사람들은 그런 풍류를 즐겼다고 하더군."

"사치스러운 놈들이군."

"자네 책상 위에 원고가 있군. 역시 지리학 교수법인가?"

"지리학 교수법은 그만두었네. 병에 걸린 상태에서 그런 한심한 것을 하고 있어야겠나."

"그럼 뭔데?"

"오랜만에 쓰기 시작해서 그냥 내버려둔 건데."

"그 소설인가? 자네 일생의 걸작? 드디어 완성할 작정인가?"

"병에 걸리니 더욱 쓰고 싶어지더군. 지금까지는 시간이 나면 써볼까 생각하고 있었는데 이미 그걸 기다릴 수가 없어. 죽기 전에 반드시 다 쓰지 않으면 직성이 풀리지 않을 것 같아."

"죽기 전이라는 말은 너무 과격하군. 그걸 쓰는 건 찬성이지만, 너무 몰두하면 오히려 몸이 나빠질 거야."

"나빠진다고 해도 써지면 좋지만 써지지가 않아서 견딜 수 없어. 어젯밤에는 이걸 30매 쓰는 꿈을 꿨네."

"어지간히 쓰고 싶은 모양이군."

"쓰고 싶지. 이거라도 쓰지 않으면 무얼 위해 태어났는지 알 수 없게 되어버리기 때문이야. 그걸 써내지 못한다고 결정된 바에는 밥벌레나 마찬가지지. 그렇기 때문에 자네를 귀찮게 하면서까지 요양을 떠날 생각은 없네."

"그래서 요양을 떠나기 싫다는 말인가?"

"음, 그런 셈이지."

"그런가. 그럼 알겠네. 음, 그럴 작정이군."

나카노 군은 잠시 생각하다가,

"무의미하게 다른 사람의 보살핌을 받는 것이 싫다니, 그럼 바로 그 점을 의미 있게 하면 어떻겠나?" 하고 말한다.

"어떻게?"

"자네의 눈앞의 목적은 진작부터 마음속에 품은 계획인 저술을 완성하는 것이 아닌가? 그렇기 때문에 그걸 조건으로 자네가 요양을 떠나는 비용을 부담한다고 하지 않나. 즈시(逗子)든 가마쿠라(鎌倉)든 아타미(熱海)든 자네가 좋은 곳에 가서 느긋하게 요양하게. 단 다른 사람의 돈을 사용해 느긋하게 요양하는 것으로는 미안하지. 그러니까 요양 겸 마음 내킬 때 계속 쓰는 거야. 그렇게 해서 몸이 좋아지고 작품이 완성되면 돌아오는 거지. 내가 비용을 부담하는 대신 자네에게 일대 걸작을 세상에 내놓게 한다. 어떤가? 그러면 나도 보람을 느낄 수 있고, 자네의 바람도 성취할 수 있는 것이지. 일거양득이 아닌가?"

다카야나기 군은 무릎을 내려다보면서 생각하고 있었다.

"내가 작품을 완성해서 내 작품을 갖고 가면 자네에 대한 내 책임은 끝난다는 말이로군."

"그렇지. 그와 동시에 세상에 대한 자네 책임의 일부도 끝낼 수 있는 거지."

"그럼 돈을 받겠네. 받고 죽어버릴지도 모르지만, 아니, 뭐 죽을 때까지 써보도록 하지. 죽을 때까지 쓰면 쓸 수 있겠지."

"죽을 때까지 글을 쓰는 건 큰일이야. 따뜻한 소슈(相州) 근처에라도 가서 마음 편하게 때때로 한두 페이지씩 쓰는 거야. 내 조건에 기한은 없으니까."

"그럼 좋네. 반드시 써오도록 하겠네. 자네 돈을 쓰면서 멍하니 허송세월하면 면목 없으니까."

"면목 있다, 없다 하는 생각은 해선 안 돼."

"음, 좋아. 알겠네. 어쨌든 요양을 떠나겠네. 내일 떠나지."

"꽤 서두는군. 서두는 편이 좋겠지. 아무리 서둔다고 해도 괜찮네. 준비는 충분히 해두었으니까."

주머니에서 삼단 나나코(七子)[2] 지갑을 꺼내 안에서 지폐 다발 하나를 집어 든다.

"여기 백 엔이 있네. 나머지는 다시 보내겠네. 이 정도면 당분간은 괜찮을 거야."

"그 정도나 필요하겠나?"

"아니야. 이 정도는 갖고 가야지. 실은 이건 아내가 생각해낸 거야. 아내의 호의라고 생각하고 갖고 가게."

"그럼 백 엔만 갖고 갈까?"

"그러는 편이 좋겠네. 모처럼 준비해온 거니까."

"그럼 놓고 가게."

"그럼 내일 가는 건가? 장소는? 그건 어디라도 괜찮네. 자네 맘에 드는 곳이 좋겠지. 도착하면 편지해주면 좋겠네. 호송을 할 정도로 심각한 병자는 아니니 난 정거장에도 나가지 않겠네. 가만있자 다른 할 말은 없었나? 아니, 내가 지금 좀 바빠서. 실은 오늘 아내를 데리고 친

2 표면에 좁쌀알 같은 무늬를 새긴 천.

척집에 갈 약속이 있어서. 지금 집에서 기다리고 있으니 난 지금 가봐야겠네."

"그런가? 벌써 가나? 그럼 부인에게 인사 부탁하네."

나카노 군은 기분 좋게 돌아간다. 다카야나기 군은 자리에서 일어나 옷을 갈아입었다.

백 엔이라는 돈은 들어본 적은 있다. 그렇지만 본 것은 처음이다. 써보는 것도 물론 처음이다. 이전부터 자신을 대표하는 정도의 작품을 써보고 싶다고 생각하고 있었다. 어렵게 생활하면서 틈틈이 한두 페이지 써본 적은 있지만, 흥이 날 만하면 그만두지 않으면 안 될 정도로 배고픔과 추위가 몰려왔다. 이런 상태로는 당분간 일다운 일은 가능할 것 같지도 않았다. 그저 지리학 교수법을 번역하며 덧없는 목숨을 연장하고 있어서는 마차의 말이 여물을 먹고 하루 종일 걸어야 하는 것과 다를 바가 없을 듯하다. '나'에게는 '나'가 있다. 이 '나'를 내놓지 않고 빈둥빈둥하다 죽어버리는 것은 아깝다. 그뿐만 아니라 이는 부모나 세상에 면목이 없다. 사람들로부터 토우(土偶)[3]처럼 소외되는 것도 이 '나'를 내놓을 기회가 없어서, 모자란 인간조차 훌륭하게 할 수 있는 번역 허드렛일 같은 것 때문에 날을 새고 있기 때문이다. 아무리 생각해도 분하다. 바위에 덤벼들어봤자 하고 생각할 때 도야의 연설을 듣고 몸져누웠다. 의사는 대담하게도 결핵 초기라고 말한다. 확실히 결핵이라면 도저히 목숨을 건질 수 없다. 목숨이 붙어 있는 동안 다시 옛 원고에 매달려보았지만 꼬는 새끼는 늦고 도망치는 도둑은 빠르다. 무슨 선물 하나 남겨두지 못하고 사라진다고 생각하면 쓸데없이 열까지 난다. 이 작품을 완성한다면 죽어도 명분이 선다.

3 흙으로 빚은 인형.

여러 가지 준비를 하지 않으면 안 된다. 지금 백 엔은 다른 날의 만금보다 귀중하다.

백 엔을 주머니에 넣고 방 안을 두세 번 왔다 갔다 한다. 기분도 상쾌하고 가슴도 시원하다. 곧 결심을 한 듯이 모자를 집어 들고 섣달의 저잣거리로 뛰쳐나간다. 황혼 무렵의 가구라자카(神樂坂)에 올라가자 이미 5시에 가까웠다. 성급한 가게에서는 벌써 가스등을 켰다.

비샤몬(毘沙門)의 제등은 연내에 바꾸지 않을 예정인지 색이 바랜 상태에서 어둠 속에서 흔들리고 있다. 문 앞에 있는 판매대에서는 점원이 수건을 멜빵에 걸쳐놓고 열심히 스시를 만들고 있다. 노점의 꽁치는 번득일 정도로 색이 써늘하다. 검은 버선을 길가에 늘어놓고 시치미 떼듯 수건을 뒤집어쓴 채 팔짱을 끼고 있다. 저런 상태에서도 버선은 팔리는 것인지 모르겠다. 국화빵은 1전에 3개로 한 할머니가 손수 만들어 팔고 있다. 6전 5리(厘)의 만년필도 너무 싸게 보인다.

세상은 형형색색이다. 지금 이곳을 지나치고 있는 나는 내일 아침이면 65리나 떨어진 곳으로 날아간다. 이런 사실을 스시집의 점원도 국화빵 굽는 할머니도 꿈에서조차 알지 못할 것이다. 이제부터 이 백 엔을 전부 써버리면 돈 대신에 돈보다 귀중한 어떤 것을 품고 다시 도쿄에 돌아온다. 이는 그 누구도 알지 못한다. 세상은 형형색색이다.

도야 선생을 만나 사실은 일이 이러저러해서 떠나게 되었다고 말하면 선생은 아 그런가, 하며 미소 지을 것이다. 내일 떠납니다, 라고 말하면 아마 놀랄 것이다. 일생일대의 작품을 완성하고 돌아올 생각이라고 말씀드리면 분명히 기뻐해줄 것이다. 공상은 공상을 낳는다. 가장 번식력이 강한 것을 뇌리에 심어놓은 다카야나기 군은 자신이 병이 들었다는 사실을 잊은 상태에서 어느샌가 선생 집의 문 앞에 이르렀다.

누군가 손님이 있는 듯했지만, 모처럼 온 것이어서 일부러 조심스러움을 접고 인기척을 냈다. "누구신가요?" 안쪽에서 묻는 사람은 선생 자신이었다.

"접니다. 다카야나기……"

"아하! 들어오세요"라고 말하면서도 밖으로 나오는 기색은 없다.

다카야나기 군은 현관에서 객실로 들어간다. 짐작대로 먼저 온 손님이 있었다. 손님은 이치라쿠[4] 하오리에 수수한 줄무늬 직물로 된 옷을 입고 있었는데, 오비의 하카다 문장만이 두드러지게 눈에 띈다. 이마가 좁고 광대뼈가 튀어나왔으며 퉁방울눈이다. 다카야나기 군은 선생에게 인사를 마치고 퉁방울에게 목례를 했다.

"무슨 일입니까? 늦은 시간에 오셨군요. 무슨 일이라도……"

"아닙니다. 그저…… 실은 작별 인사를 드리려고 찾아뵈었습니다."

"작별 인사? 시골 중학교에라도 부임하십니까?"

문을 열고 부인이 차를 들고 나타난다. 다카야나기 군과 인사를 나누고 거실로 물러난다.

"아닙니다. 요양이라도 해볼까 해서요."

"그렇다면 몸이 좋지 않다는 말이군요."

"뭐 대단한 건 아닙니다만, 등을 떠미는 사람이 있어서요."

"음, 몸이 좋지 않으면 가는 게 좋겠지요. 언제? 내일입니까? 그렇습니까? 그럼 천천히 이야기를 나누도록 하지요. 금방 이야기를 끝낼 테니까요."

말을 하고 도야 선생은 퉁방울 쪽으로 얼굴을 돌린다.

4 교토 니시진(西陣) 산 직물의 하나.

"그래서…… 좀 어려운 일이기는 하지만, 방금 말씀드린 대로 사정이 있어서 그러니 조금만 기다려주시지 않겠습니까?"

"그거야 당연히 기다려드리고 싶습니다. 그러나 제 사정도 있어서."

"그러니까 이자를 좀 올리면 좋지 않을까요? 이자만 받으시면서 원금은 봄까지 미뤄주시지 않겠습니까?"

"이자는 지금까지도 밀리지 않고 받아왔습니다. 이자만 받아도 좋을 돈이라면 언제까지고 이 상태로 내버려두고 싶습니다만……"

"그렇게는 안 되겠습니까?"

"모처럼 부탁하시니 가능하면 그렇게 해드리고 싶지만……"

"안 되겠습니까?"

"이거 참으로 죄송스러운 말씀을……"

"어떻게 해도 안 되겠습니까?"

"무슨 일이 있어도 백 엔만은 반드시 받지 않으면 안 되기 때문에……"

"오늘 밤에 말입니까?"

"네, 뭐 그렇습니다. 오늘이 기한이니까요."

"기한이 오늘까지라는 건 알고 있었습니다. 그런 걸 잊을 사람은 아닙니다. 그래서 이곳저곳에 뛰어다녀봤지만 마련이 되지 않아서 일부러 그쪽에 심부름꾼을 보낸 것입니다."

"네, 그 편지는 분명히 받아보았습니다. 뭔가 써놓은 책이 있다는 말씀이었는데, 그것이 출판사에 팔릴 때까지 미뤄달라는 내용이었지요."

"그렇습니다."

"그런데 말입니다. 이 돈의 성질이 말입니다. 그저 이자가 목적이 아니기 때문에…… 실은 연말에는 이 돈이 반드시 필요하니 그때 돌려받아야 한다고 다짐받고 형님에게 여쭈었습니다. 그랬더니 형님이 그건 괜찮다고, 다른 사람이라면 몰라도 자신의 동생이라면 결코 그런 불상사는 일어나지 않을 것이다, 보증한다, 고 하시더군요. 그래서 저도 안심하고 빌려드린 것인데 이제 와서 그런 약속을 깨버리신다면 몹시 곤란합니다."

도야 선생은 입을 다물고 있다. 퉁방울은 담배를 뻐끔뻐끔 피운다.

"선생님!"

다카야나기 군이 갑자기 옆에서 입을 열었다.

"네."

도야 선생이 대답을 하면서 이쪽을 본다. 얼굴을 붉힌 기색은 보이지 않는다. 얼굴을 붉혔다면 핑계를 대고 물러나왔을 것이다.

"말씀 중에 대단히 죄송합니다만, 한 가지 여쭈어봐도 괜찮겠습니까?"

"네, 좋습니다. 뭐지요?"

"선생님께서는 지금 원고를 갖고 계시다고 들었습니다만, 실례되는 말씀입니다만, 그 원고를 제게 보여주실 수 있습니까?"

"보고 싶으면 봐도 좋습니다. 기다리는 동안에 읽어보겠습니까?"

다카야나기 군은 입을 다물고 있다. 도야 선생이 자리에서 일어나 도코노마에 쌓아놓은 서적 사이에서 두께가 10센티미터 정도의 원고를 꺼내 청년에게 건넨다.

"읽어보세요."

표지에는 인격론이라고 해서체로 쓰여 있다.

"고맙습니다."

두 손으로 원고를 받은 청년은 잠시 이 인격론이라는 세 글자를 찬

찬히 바라보다가 마침내 눈을 들어 퉁방울을 보았다.

"이 원고를 백 엔에 사주시지 않겠습니까?"

"헤헤헤. 난 출판사 사람이 아닙니다."

"그럼 사지 않겠다는 말이로군요."

"헤헤헤 뭐, 그런 농담을."

"선생님!"

"뭐지요?"

"이 원고를 백 엔에 제게 넘기십시오."

"그 원고를?"

"너무 싸지요. 몇만 엔이라도 너무 싸다는 건 알고 있습니다. 그러나 전 선생님의 제자이니 밑지는 셈 치고 백 엔에 주십시오."

도야 선생은 청년의 얼굴을 망연히 쳐다보고 있다.

"꼭 제게 넘기십시오. 돈은 있습니다. 틀림없이 여기 가지고 있습니다. 백 엔 틀림없이 있습니다."

다카야나기 군은 받은 그대로 돈 봉투를 품에서 꺼내 두 사람 사이에 놓았다.

"그런 돈을 내가 자네한테서……"

도야 선생은 돈을 물리치려고 한다.

"아닙니다. 괜찮습니다. 괜찮으니까 받아주십시오. 아니, 잘못 말했습니다. 이 원고를 꼭 제게 넘기십시오. 선생님! 저는, 선생님의 제자였습니다. 에치고의 다카다에서 선생님을 괴롭혀서 쫓아냈던 제자 중의 한 사람입니다. 그러니까 넘겨주십시오."

깜짝 놀란 도야 선생을 남겨두고 다카야나기 군은 밤의 어둠 속으로 자취를 감추었다. 그는 자기를 대표하는 작품을 요양지에서 가져

오는 대신, 그보다 더 위대한 인격론을 품속에 넣은 채, 이를 자신의 친구인 나카노 군에게 건네, 나카노 군과 그 부인의 호의를 갚고자 했다.

백 년 동안의 방황

—『태풍』의 보편성과 현재성에 대한 단상

신형철(문학평론가)

나쓰메 소세키는 총 열네 권의 장편소설을 썼다.『태풍』(1907)은 그의 네 번째 장편소설이다. 이 소설로 말할 것 같으면 소세키의 장편소설들 중에서 가장 덜 읽히는 작품이라고 해도 과언이 아니다. 먼저 나온 초기 성공작들, 즉『나는 고양이로소이다』와『도련님』의 유명세에도 밀리는 데다가, 뒤에 나온 '전기 3부작'(『산시로』『그 후』『문』)과 '후기 3부작'(『피안을 지날 때까지』『행인』『마음』)의 위세에도 눌려온 터다. 국내에 출간된 소세키의 책들 뒤편에 으레 붙어 있는 작가 연보에도 이 작품은 빠져 있기 일쑤다. 이 정도면 거의 무시당해왔다고 해야 할 것이다. 냉정히 말하면 그럴 만하다고 할 여지가 없지 않다. 굵직한 서사가 없어서 읽는 재미가 덜한 데다가, 소세키 본인의 육성과 잘 구별되지 않는 계몽적 연설들이 적지 않은 비중을 차지하고 있기 때문이다. 그렇다면 이 소설을 소세키 연구자들에게 그저 자료적 가치만을 갖는 작품 정도로 간주하면 될까. 그렇지 않다는 것이 내 짧은 독후감의 결론이다. 이 소설에는 백 년이라는 시간을 뛰어넘는 현재적

호소력이, 신기하게도, 있다.

메이지 시대(1868~1912) 말기 일본 사회의 특정 인간 유형을 대표한다고 할 만한 세 인물이 이 소설을 이끈다. 계몽적·지사적 인문학자 시라이 도야를 이 소설의 중심에 놓고 그의 입론을 따라가는 것은 이 소설을 (잘못 읽는 것은 아니라 할지라도) 가장 재미없게 읽는 방법이 될 것이다. 온화한 유한계급 청년 나카노 슌타이는 주동 인물이 아닐 뿐더러 반동 인물이 될 만한 확고한 개성의 소유자도 아니다. 그래서 이 작품은 가난하고 병약한 인문학도 다카야나기 슈사쿠의 소설이다. 다른 두 사람은 이미 '완결된' 인간이다. 그들은 자기 자신이 누구인지 잘 알고 있고, 그렇기 때문에, 그들의 인생 행로는 거의 결정돼 있는 것처럼 보인다. 그러나 다카야나기는 다르다. 아직 자신의 자리를 찾지 못했고 그래서 목하 방황 중이다(다카야나기가 처음 소설에 등장하는 2장에서 그가 자신이 앉을 벤치를 찾지 못해 공원을 세 바퀴째 돌고 있는 것은 우연이 아닐 것이다). 삶의 의미를 찾기 위해 방황하는 젊은이는 근대 소설의 원형적 주인공이 아니던가. 시라이 도야와 나카노 슌타이라는 두 대조적인 인물(삶) 사이에, 다카야나기가 있다.

이와 같은 '인물 구조'는 고스란히 이 소설의 '서사 구조'가 되었다. 통상적인 의미에서의 서사란 '시간'이 흐르면서 발생하는 의미 있는 '변화'들의 연쇄를 뜻할 것이다. 그러나 이 소설에서 시라이와 나카노의 세계는 이미 결정돼 있고, 그들 앞에 서 있는 다카야나기의 성격도 (최소한 11장까지는) 거의 변하지 않는다. 사실상 시간이 흐르지 않고 있는 셈이다. 그래서 이 소설의 서사 구조는 시간적이라기보다는 공간적이다. 두 종류의 세계 앞에 한 인물이 서 있는 구조를 세우고, 이 구조를 점점 더 심화시켜 나가는 방식으로 서사를 구축했다. 그래서 소세키는 시라이 도야와 나카노 슌타이의 삶을 번갈아 (물론 기계적인 균형을 취하지는 않거니와, 당연히 시라이 도야에게 더 동정적인 태도로) 보여준다. 4, 7, 9장은 나카노에게, 6, 8, 11장은 시라이에게 할애하는 식으로, 독자가 두 세계의 모습을 모두 조감할 수 있도록 배려했다. 덕분에 독자는 두 세계를 모두 경험할 수 있게 되고, 그 두 개의 거울에 자기를 비춰보며 삶의 방향을 모색하고 있는 다카야나기의 입장에 무리 없이 설 수 있게 된다.

나카노의 세계인 음악회(4장)와 결혼식 피로연(9장)에서 다카야나기가 느끼는 감정에는 경미한 혐오감과 강렬한 부러움이 섞여 있다. 이 감정은 이 소설보다 4년 먼저 발표된 토마스 만의 중편소설 「토니오 크뢰거」(1903)에서 주인공 토니오가 친구 한스에게서 느끼는 감정을 떠올리게 한다. 친구가 표상하는 화사한 부르주아의 세계 앞에서 토니오가 자신을 '길 잃은 시민'이라 자인한 것처럼 다카야나기는 자신이 '세상의 외톨이'(8장)임을 아프게 깨닫는다. 이 자각이 근대 부르주아 세계 속에서 도대체 (인)문학자로 산다는 것은 무엇인가 하는 고통스러운 물음으로 이어지는 것은 자연스럽다. 한편 시라이의 세계 앞에서 다카야나기는 동질감과 이질감을 동시에 느낀다. 연설회(11장) 장면이 보여주듯 시라이는 다카야나기에게 위안과 감동을 주는 거의 유일한 사람이지만, 시라이의 삶을 마냥 추종할 수는 없다는 것을 다카야나기 자신이 누구보다도 잘 알고 있는 터다. "도야 선생이 바라보는 세상은 다른 사람들을 위한 세상이다. 다카야나기 군이 바라보는 세상은 자신을 위한 세상이다"(126쪽). 이런 다카야나기의 길 찾기는 과연 성공할 수 있을 것인가.

주의해야 할 것은 이 소설의 결론이 '시라이냐 나카노냐' 하는 식의 양자택일 위에서 내려지는 것이 아니라는 점이다. 비록 작가 자신이 시라이의 삶에 더 동정적인 태도를 취하고 있는 것은 사실이지만, 소세키가 학자(시라이의 세계)의 편에 서서 부자(나카노의 세계)를 타매하고 있는 것은 아니다. 이는 소세키가 소설 내내 시라이와 나카노를 형상화하는 방식에서도 이미 충분히 확인할 수 있는 것인데, 학자 시라이는 성인군자가 아니며 부자 나카노도 천박한 배금주의자가 아니다. 그렇기 때문에 시라이의 세계를 옹호하는 일이 나카노의 세계를 부정해야만 성취될 수 있는 것은 아니다. 소세키가 성찰하고 있는 것은 '시라이적인 것'과 '나카노적인 것'이 하나의 사회를 구성하는 바람직한 양상이다. 그래서 이 소설은 마지막 12장에서 '시라이냐 나카노냐'라는 물음에 답하는 것이 아니라, 시라이와 나카노의 세계를 '연결'하는 독특한 방식 하나를 제안한다. 나카노에게서 나온 돈이 다카야나기를 매개로 시라이에게 전달되는 대단원이 갑작스럽긴 하되 충분히 의미심장하다고 할 수 있는 것은 바로 이런 맥락 속에서다.

소세키가 근심하고 있는 것은 시라이와 나카노가 표상하는 두 세계 사이의 심각한 불균형이다. 부자의 세계가 압도적으로 위세를 떨치고 있지만 그럴수록 부자는 학자를 존중해야 한다는 시라이의 일갈은, (인)문학자의 자존심 선언이 아니라, 돈의 전제권력이 결코 식민지화할 수 없는 영역이 존재하며 그것이 온당하게 평가되고 수호돼야 한다는 취지의 천명이다. 두 세계의 조화로운 균형? 그런 것은 불가능하다. 근대 부르주아 자본주의 사회에서 그 불균형은 근원적이면서 구조적인 것이고(그 무엇이 감히 자본과 대등하게 균형을 이룰 수 있겠는가!) 그렇기 때문에 이에 맞서서 인간성(시라이의 어휘를 사용하자면 '인격')의 본질을 성찰하고 이를 수호해야 할 (인)문학의 투쟁은 일시적인 것이 아니라 항구적인 것이다. 백 년이 지난 지금도 상황은 여전하다. 아니, 더 심각해졌다. (7장에서 사용된 이미지를 가져와 말해보자면) 신자유주의라는 '태풍' 속에서 (인)문학이라는 '나비'가 처해 있는 상황이 어떠한지를 여기서 새삼 말할 필요가 있을까. 어쩌면 다카야나기는 (그리고 우리는) 백 년째 방황하고 있는 것이 아닌가. 이것이 이 소설의 불행한 현재성이다.

여기서 이 글을 끝내도 좋겠지만 마지막 12장의 의미에 대해서 몇 마디 덧붙이려고 한다. 이 12장을 어떻게 이해하느냐에 따라 소설 전체가 다르게 읽힐 수도 있어서다. 고모리 요이치가 자신의 소세키 연구서에서 제시한 해석은 이 자리에서 소개할 가치가 있다. "백 엔이라는 금전이 등장인물 사이를 순환하는 이 이야기를 표층 차원에서 보면, 궁지에 빠진 스승을 돕기 위해 자신의 목숨을 대신 지불하는 청년을 둘러싼 미담입니다. 그러나 (……) 백 엔의 유통 과정을 객관적으로 보자면 거기에는 잠재적인 배반이 숱하게 내포되어 있습니다."* 어째서 '숱한 배반'인가. 다카야나기가 시라이의 원고를 매입한 것은 비록 선의로 한 일이되 결과적으로는 그 책의 출간을 막은 것이고, 이는 이 책의 사상을 반기지 않을 자본가들을 이롭게 했으며, 그 돈으로 요양하면서 책을 쓰기로 한 다카야나기 자신의 계획마저 수포로 돌아가게 했다는 것. 결국 다카야나기의 행동은 돈의 힘이 인간사를 결정하도록 해서는 안 된다는 시라이의 가르침을 스스로 배반한 것이 아니냐는 것. 고모리 요이치의 이와 같은 '거슬러 읽기'가 논리적으로 정합적이기는 하되 과연 작품 전체의 실감에 부합한다고 할 수 있을

* 고모리 요이치(小森陽一), 『나는 소세키로소이다—나쓰메 소세키 다시 읽기』(1995), 한일문학연구회 옮김, 이매진, 2006, 112쪽.

까?

과거에 다카야나기가 본의 아니게 가담하고 만 이지메 때문에 시라이가 교사직을 잃었다는 설정은 사사롭지 않다. 그래서 12장의 핵심은 차라리 다음과 같은 고백이다. "이 원고를 꼭 제게 넘기십시오. 선생님! 저는, 선생님의 제자였습니다."(206쪽) 이 말은 2장에서 다카야나기가 한 다짐이 마침내 실현되었음을 의미한다. "이다음에 만나면 [시라이 도야 선생에게―인용자] 진심으로 사과의 뜻을 표할 생각이야"(42쪽). 기왕에 고모리 요이치 식으로 서사의 심층구조를 따져볼 것이라면, 이 소설은 결국 다카야나기가 자기 자신의 죄책감을 해결하는 데 성공하는 이야기라고 해야 하지 않을까. 이렇게 본다면 다카야나기의 결단은 연쇄적인 '배반'의 원인이 아니라 오히려 연쇄적인 '선행'의 한 고리다. 나카노는 다카야나기에게, 다카야나기는 시라이에게, 시라이는 아내와 형에게 (심리적으로건 물질적으로건) 빚이 있었다. 나카노에게서 나온 백 엔이 다카야나기와 시라이를 거쳐 (소설에 나오지는 않았지만, 아마도) 그의 형에게로 전달될 것이고, 이로써 각자의 빚이 연쇄적으로 해결될 것이다. 다카야나기의 결단이 자신의 건강과 미래를 일정 부분 희생한 것이었음을 생각한다면, 이는 스승의 가르침에 대한 배반이 아니라, 오히려 인간성(인격)에 대한 스승의 가르침에 제자가 행한 극적인 응답에 가깝다.

이 소설의 인물 구조와 서사 구조에 대해 짧게 적었다. 삶의 의미를 찾는 젊은이의 방황이기에 이 소설에는 보편적 호소력이 있다는 것, 그리고 그 방황의 맥락이 오늘날 우리가 처해 있는 상황과 유사하다는 점에 이 소설의 여전한 현재성이 있다는 것 등이 요점이다. 마지막으로 덧붙이자. 시라이의 입을 빌린 것이건 서술자 자신의 목소리로 직접 개진된 것이건, 이 소설 곳곳에는 불혹의 나이를 갓 넘긴 소세키의 사유가 생생하게 개진돼 있는데, 그 사유와 적극적으로 대화해보는 것은 이 소설을 읽는 또 다른 방법이 될 것이다. 이를테면 문학자라는 직업의 특수성에 대한 소세키의 생각. "문학은 인생 그 자체입니다. 고통이 있고, 궁핍이 있고, 고독이 있고, 무릇 인생길에서 만나는 것들이 곧 문학이고, 이런 것들을 맛본 사람이 문학자입니다. (……) 그렇기 때문에 다른 학문이 가능한 한 연구를 방해하는 것을 피해서 점점 인간 세상과 멀어지는 것과 달리 문학자는 자진해서 이 장애 속에 뛰어드는 것입니다"(100쪽). 과연 이것은 이미 시효가 끝난 고리타분한 생각일까. 문학인들에게 고통스러운 삶을 권유할 생각은 결코 없지만, 문학의 깊이가 그 창작자의 삶의 깊이와 무관하지 않다는 진실을 나는 부정할 수가 없다.

나쓰메 소세키 연보

1867년 0세

2월 9일(음력 1월 5일) 현재의 도쿄 신주쿠(구 에도(江戸) 우시고메바바시타(牛込馬場下))에서 출생. 나쓰메 나오카쓰(夏目直克)와 후처 나쓰메 지에(夏目千枝) 사이에서 5남 3녀 중 막내로 태어남. 본명은 나쓰메 긴노스케(夏目金之助). 태어나자마자 요쓰야(四谷)의 만물상에 양자로 보내졌다가 곧 돌아옴.

1868년 1세

11월, 요쓰야의 시오바라 쇼노스케(鹽原昌之助)와 시오바라 야스(鹽原やす) 부부에게 다시 입양됨.

1870년 3세

천연두에 걸려 얼굴에 흉터가 약간 생김. 흉터는 평생 고민거리가 됨.

1872년 5세

시오바라가의 장남으로 호적에 오름.

1874년 7세

4월, 양부모의 불화로 양모와 함께 잠시 친가로 감.

11월, 아사쿠사(淺草)의 도다 소학교에 입학.

1876년 9세

양아버지가 아사쿠사의 동장에서 면직되어, 소세키는 시오바라가에

적을 둔 채 생가로 돌아옴.

5월, 이치가야(市ヶ谷) 소학교로 전학.

1878년 11세

2월, 친구들과 만든 잡지에 「마사시게론(正成論)」을 발표.

4월, 이치가야 소학교 졸업. 긴카(錦華) 학교 소학심상과(小學尋常科)

　로 전학하고 11월에 졸업.

1879년 12세

3월, 간다(神田)의 도쿄 부립 제1중학교에 입학.

1881년 14세

1월 21일, 생모 나쓰메 지에 사망.

봄에 도쿄 부립 제1중학교 중퇴.

4월경, 한학을 전문으로 가르치는 니쇼(二松) 학사로 전학.

1882년 15세

봄에 니쇼 학사 중퇴.

1883년 16세

봄에 도쿄 대학 예비문(현재의 도쿄 대학 전신 중 하나) 시험 준비를 위해
세이리쓰(成立) 학사에 입학.

1884년 17세

9월, 도쿄 대학 예비문 예과에 입학. 입학 직후 맹장염을 앓음.

1885년 18세

9월, 도쿄 대학 예비문 예과 3급으로 진급.

1886년 19세

7월, 복막염 때문에 학년 말 시험을 치르지 못하고 낙제.
9월, 에토(江東) 의숙 교사가 되어 의숙 기숙사에서 제1고등중학교(도
　쿄 대학 예비문의 후신)에 다님.

1887년 20세

3월에 맏형이, 6월에 둘째 형이 폐결핵으로 사망.
9월, 제1고등중학교 예과에 진급. 이 시기에 과민성 결막염을 앓음.

1888년 21세

1월, 성을 시오바라에서 나쓰메로 복적.

9월, 제1고등중학교 본과에 진학해서 영문학을 전공.

1889년 22세

1월부터 마사오카 시키(正岡子規)와 친해짐.

5월, 시키의 한시 문집인『나나쿠사슈(七草集)』에 대해 한문으로 평을 씀. 9편의 칠언절구를 덧붙이면서 처음으로 '소세키'라는 호를 사용.

9월, 한문체의 기행문집『보쿠세쓰로쿠(木屑錄)』탈고.

1890년 23세

7월, 제1고등중학교 본과 졸업.

9월, 도쿄제국대학 영문학과 입학. 문부성 대비생(貸費生)이 됨.

1891년 24세

7월, 문부성 특대생이 됨. 셋째 형의 부인 도세(登世)가 입덧 때문에 죽자 큰 충격을 받음. 딕슨 교수의 부탁으로『호조키(方丈記)』를 영역.

1892년 25세

4월 5일, 병역을 피할 목적으로 친가로부터 분가하여 본적을 홋카이도(北海道)로 옮김.

5월, 도쿄 전문학교(현재의 와세다 대학)의 강사가 됨.

8월, 마사오카 시키가 그의 고향인 시코쿠(四國) 마쓰야마(松山)에서 요양 중일 때 방문하여 다카하마 교시(高浜虛子)를 처음 만남.

1893년 26세

7월, 도쿄제국대학을 졸업하고 대학원에 진학.

10월, 도쿄 고등사범학교의 영어 촉탁 교사가 됨.

1894년 27세

12월 말~1895년 1월, 폐결핵에 걸려 가마쿠라(鎌倉)의 엔카쿠지(園覺寺)에서 참선을 하며 치료에 임함. 일본인이 영문학을 한다는 것에 위화감을 느끼며 이즈음 신경쇠약 증세가 심해짐.

1895년 28세

4월, 시코쿠 에히메(愛媛) 현에 있는 보통중학교에 부임(월급 80엔).

8월~10월, 시키가 마쓰야마로 돌아와 소세키의 하숙집에서 함께 생활. 하이쿠에 열중하며 많은 가작(佳作)을 남김. 이곳에서의 경험은 『도련님(坊っちゃん)』의 소재가 됨.

12월, 귀족원 서기관장(현재의 참의원 사무총장) 나카네 시게카즈(中根重一)의 장녀 나카네 교코(中根鏡子)와 맞선을 보고 약혼.

1896년 29세

4월, 구마모토(熊本)의 제5고등학교 강사로 부임(월급 100엔).

6월 9일, 나카네 교코와 결혼. 구마모토에서 신혼 생활을 시작.

7월, 제5고등학교의 교수가 됨.

1897년 30세

4월, 교사를 그만두고 문학에 전념하고 싶다는 뜻을 시키에게 편지로 알림.

6월 29일, 아버지 나쓰메 나오카쓰 사망.

7월, 교코와 함께 도쿄로 감. 구마모토에서 도쿄까지의 장거리 여행이 원인이 되어 교코가 유산.

12월, 오아마(小天) 온천을 여행하며 『풀베개(草枕)』의 소재를 얻음.

1898년 31세

6월, 제5고등학교 학생으로 문하생이 된 데라다 도라히코(寺田寅彦) 등에게 하이쿠를 지도. 도라히코는 『나는 고양이로소이다(吾輩は猫である)』에 나오는 이학사 간게쓰의 모델로 알려짐.

7월, 교코가 히스테리 증세를 보이며 구마모토 현의 자택 가까이에 흐르는 시라카와(白川)의 이가와부치(井川淵) 하천에 뛰어들어 자살을 기도했지만 근처에 있던 어부가 구함.

1899년 32세

5월, 맏딸 후데코(筆子)가 태어남.

6월, 영어과 주임이 됨.

9월, 구마모토 주위에 있는 아소(阿蘇) 산을 여행하며 『이백십일(二百十日)』의 소재를 얻음.

1900년 33세

6월, 문부성으로부터 영문학 연구를 위해 2년 동안 영국 유학을 다녀오라는 명을 받음(유학비 연 1,800엔).

9월 8일, 요코하마에서 출항.

10월 28일, 런던 도착.

1901년 34세

1월 26일, 둘째 딸 쓰네코(恒子)가 태어남.

5~6월 화학자 이케다 기쿠나에(池田菊苗)가 런던을 방문해서 함께 하숙. 이케다의 영향으로 『문학론』 구상을 결심하고 귀국할 때까지 저술에 몰두.

7월, 신경쇠약 재발.

1902년 35세

3월, 장인 나카네 시게카즈에게 편지를 보내 영일동맹 체결에 들뜬 일본인들을 비판하고 대규모 저술 구상을 언급.

9월, 신경쇠약이 극도로 악화되고, 일본에도 나쓰메 소세키의 증세가 전해짐. 문부성은 독일 유학생 후지시로 데이스케(藤代禎輔)에게 소세키를 데리고 귀국하도록 지시.

11월, 마사오카 시키가 7년 동안 앓던 결핵으로 사망했다는 소식을 다카하마 교시의 편지를 받고 알게 됨.

12월 5일, 일본 우편선에 승선해서 귀국길에 오름.

1903년 36세

1월 24일, 도쿄 도착.

3월, 도쿄 혼고(本鄕) 구(현재의 분쿄 구) 센다기(千駄木)로 이사.

4월, 제1고등학교 강사가 됨(연봉 700엔). 또한 도쿄제국대학 영문과 교수를 겸함(연봉 800엔).

9월, 제1고등학교의 제자인 후지무라 미사오(藤村操)가 게곤(華嚴) 폭포에 몸을 던져 자살하는 사건이 발생. 다시 신경쇠약이 악화됨. 교코와 불화가 심해져 임신 중인 부인을 친정으로 보내고 별거.

10월, 셋째 딸 에이코(榮子)가 태어남.

1904년 37세

2월, 러일전쟁 발발.

7월, 어린 고양이 한 마리가 집에 들어오고, 교코가 귀여워함.

9월, 메이지(明治) 대학 고등예과 강사를 겸함(월급 30엔).

12월, 당시 《호토토기스(ホトトギス)》를 주재하고 있던 다카하마 교시로부터 작품 집필을 권유받고, 『나는 고양이로소이다』 1장을 문학모임에서 낭독.

1905년 38세

1월~1906년 8월, 『나는 고양이로소이다』를 《호토토기스》에 발표. 1회분으로 끝날 예정이었지만 호평을 받아 11회에 걸쳐 장편으로 연재. 이때부터 작가로 살아갈 뜻을 굳힘.

1월, 「런던탑(倫敦塔)」을 《데이코쿠분가쿠(帝國文學)》에, 「칼라일 박물관(カーライル博物館)」을 《가쿠토(學燈)》에 발표.

4월, 「환영의 방패(幻影の盾)」를 《호토토기스》에 발표.

5월, 「고토노소라네(琴のそら音)」를 《시치닌(七人)》에 발표.

9월, 「하룻밤(一夜)」을 《주오코론(中央公論)》에 발표.

11월, 「해로행(薤露行)」을 《주오코론》에 발표.

12월 14일, 넷째 딸 아이코(愛子)가 태어남.

1906년 39세

1월, 「취미의 유전(趣味の遺伝)」을 《데이코쿠분가쿠》에 발표.

4월, 『도련님』을 《호토토기스》에 발표.

9월, 『풀베개』를 《신쇼세쓰(新小說)》에 발표.

10월, 『이백십일』을 《주오코론》에 발표. 평소에 그의 자택에 출입이 잦은 문하생들의 방문을 매주 목요일 오후 3시 이후로 정해서 '목요회'라고 불리게 됨.

11월, 요미우리(讀賣) 신문사에서 입사 의뢰가 왔으나 거절.

1907년 40세

1월, 『태풍(野分)』을 《호토토기스》에 발표.

4월, 제1고등학교와 도쿄제국대학 강사를 사직. 아사히(朝日) 신문사에 소설을 쓰는 전속작가로 입사.

5월, 『문학론』(大倉書店) 출간.

6월 5일, 장남 준이치(純一)가 태어남.

9월, 도쿄 우시고메 구 와세다미나미초(早稲田南町)로 이사. 이후 죽을 때까지 소세키 산방(漱石山房)이라고 불린 이 집에서 거주.

6~10월, 『우미인초(虞美人草)』를 《아사히 신문》에 연재.

1908년 41세

1~4월, 『갱부(坑夫)』 연재.

6월, 「문조(文鳥)」 연재(오사카 《아사히 신문》).

7~8월, 「열흘 밤의 꿈(夢十夜)」 발표.

9~12월, 『산시로(三四郎)』 연재.

12월 16일, 차남 신로쿠(伸六)가 태어남.

1909년 42세

1~3월, 「긴 봄날의 소품(永日小品)」 연재.

3월, 『문학평론』(春陽堂) 출간.

6~10월, 『그 후(それから)』 연재.

9월, 남만주철도주식회사 총재인 친구 나카무라 제코의 초대로 만주
　　와 한국을 여행. 이때 신의주, 평양, 서울, 인천, 부산을 방문함.

10~12월, 기행문 『만한 이곳저곳(滿韓ところどころ)』 연재.

11월, '아사히 문예란'을 새로 만들고 주재함. 위경련으로 고통받음.

1910년 43세

3월 2일, 다섯째 딸 히나코(ひな子)가 태어남.

3~6월, 『문(門)』 연재.

6~7월, 위궤양 때문에 나가요(長与) 위장병원에 입원.

8월, 슈젠지(修善寺) 온천에서 다량의 피를 토하고 위독한 상태에 빠
　　짐. 이를 '슈젠지의 대환'이라 부름.

10월~1911년 3월, 슈젠지의 체험을 바탕으로 『생각나는 일들(思い出
　　す事など)』을 32회에 걸쳐 연재.

1911년 44세

2월, 위궤양으로 입원 중에 문부성으로부터 문학박사 학위 수여를 통
　　지받지만 거절함.

8월, 오사카 《아사히 신문》의 의뢰로 간사이(關西) 지방에서 순회 강
　　연을 함.

10월, '아사히 문예란'이 폐지됨. 아사히 신문사에 사표를 내지만 반

려됨. 다섯째 딸 히나코가 급사함.

1912년 45세

1~4월, 『춘분 지나고까지(彼岸過迄)』 연재. 신경쇠약과 위궤양이 재발
　하여 고통받음.

7월, 메이지 천황 사망. 연호가 다이쇼(大正)로 바뀜.

10월경, 남화풍의 그림을 그림.

12월, 자택에 전화가 들어옴.

12월~1913년 11월, 『행인(行人)』 연재.

1913년 46세

4월, 위궤양이 재발하고 신경쇠약이 심해져 『행인』 연재 중단(9월부터
　재개).

1914년 47세

4~8월, 『마음(こころ)』 연재.

11월, '나의 개인주의'라는 주제로 가쿠슈인(學習院)에서 강연함.

1915년 48세

1월, 제자 데라다 도라히코에게 보낸 연하장에 금년에 죽을지도 모른
　다고 씀.

1~2월, 『유리문 안에서(硝子戶の中)』 연재.

3~4월, 교토(京都) 여행. 위통으로 쓰러짐.

6~9월, 『한눈팔기(道草)』 연재.

12월, 아쿠타가와 류노스케(芥川龍之介), 구메 마사오(久米正雄)가 처음으로 목요회에 참가. 이들은 마지막 문하생이 됨.

1916년 49세

1월, 「점두록(點頭錄)」 연재.

2월, 아쿠타가와 류노스케에게 보낸 편지에서 그의 작품 『코(鼻)』를 격찬함.

4월, 당뇨병 진단을 받고 치료에 들어감.

5~12월, 『명암(明暗)』 연재.

8월, 오전에는 소설을 쓰고 오후에는 한시를 쓰고 그림을 그림.

11월 초, 목요회에서 만년의 사상으로 알려진 칙천거사(則天去私)에 대해 처음 언급함.

11월 16일, 마지막 목요회가 열리고 모리타 소헤이, 아베 요시시게, 아쿠타가와 류노스케, 구메 마사오 등이 출석함.

11월 21일, 위궤양 악화로 쓰러짐.

12월 2일, 내출혈로 다시 위독한 상태에 빠짐.

12월 9일 오후 6시 45분 사망.

12월 14일, 도쿄 《아사히 신문》에 연재되던 『명암』이 제188회를 마지막으로 연재 중단됨.

장례식 접수는 아쿠타가와 류노스케가 담당했으며 모리 오가이를 비롯한 많은 명사들이 조문함.

12월 28일, 도쿄 도시마(豊島) 구에 있는 조시가야(雜司ヶ谷) 묘원에 안장됨. 조시가야 묘원은 『마음』의 주인공 K가 자살 후 묻힌 장소임.

옮긴이 **노재명**

1961년 인천에서 태어났다. 서강대학교 국문과를 졸업하고, 일본 구마모토 대학 비교문학과에서 일본 근대 문학을 전공했다. 대학에서 강의를 하며, 전문번역가로 활동했다. 2011년 지병으로 별세했다.

옮긴 책으로는 나쓰메 소세키 단편소설 전집인 『런던 소식』·『회상』, 『효웅 오다 노부나가』(전3권), 『국화와 칼』, 『여자의 결투』, 『월식』, 『아베일족』, 『얼마만큼의 애정』, 『지금 사랑해』, 『왜 세계는 전쟁을 멈추지 않는가?』, 누쿠이 도쿠로의 '증후군 시리즈'(전4권), 『라프카디오 헌, 19세기 일본 속으로 들어가다』, 『문명의 산책자』, 『팬티 인문학』 등이 있다.